U0165713

華語寫作一學就上手

一學

就上手

【基礎級】

你好！

陳嘉凌、李菊鳳◎編著
黎德慧◎繪圖

五南圖書出版公司 印行

推薦序

　　《華語寫作一學就上手》是由臺灣師範大學陳嘉凌教授與清華大學華語中心李菊鳳老師共同編寫的華語教材，這套教材最大的特色在於實用性與實證性。本教材以日常生活使用的寫作需求做為編寫的內容，使學習者可以運用於日常生活中，提升對華語寫作的運用及興趣。本教材也在臺灣師範大學僑生先修部經過教學實證，證實對外籍學習者的寫作能力提升有極好的成效。華語學習者主要學習聽、說、讀、寫的技能，其中最困難的就是書寫。本教材針對日常生活的基本書需求編寫，循序漸進，讓學習者輕鬆上手，提升寫作能力。這是華語學習在寫作方面極有助益的教材。

　　　　　　　　　　國立臺灣師範大學僑生先修部主任

編輯主旨

　　本教材「華語寫作一學就上手」編寫目的，是為輔助已有約 TOCFL 測驗 A2 等級，或華語課程約六個月基礎的學習者，能更容易以華語寫作生活中相關之事務。並以實用為原則，涵蓋學習者來台所需應對的生活面向，內容包括社交、升學、求職等等，可提供多元化需求之參考。

　　本教材共分為基礎級、進階級二冊，基礎級以較基本的實務面為主，共分九課。進階級則介紹寫作文體技巧，亦以九課練習篇章寫作的手法。編撰緣起因編著者於教學現場時發現，「寫作」最讓學習者感到困難，故為使華語學習者對寫作產生學習興趣、學習動機，因此本書從生活、實用角度出發，用語力求簡單、明瞭，透過思考、理解的寫作方式，內容更經過國立臺灣師範大學僑生先修部特輔班學生的授課實驗，並以華語文寫作測驗模式，作為前、後測評量方式，而在教學後，學生程度均顯著提升，因此亦是準備華語文寫作測驗考試的重要參考書籍。

　　本教材每課皆依主題，設計了「動動腦」、「動動手」、「生詞」、「句型」、「寫作時間」及「小叮嚀」等六大項活動，設計理念分述如下：

一、動動腦

　　寫作除語言能力外，還需思考邏輯，方能言之有物。因此在此項目中，由編著者的提問，引導使用者逐步思考誘發與該主題相關的內容，最後依循理路組織出全文。不採用直接提供寫作內容的方式，而是以提問為主軸，即是希望教材本身即可與使用者產生互動連結，提高學習興趣。

二、動動手

　　承襲動動腦的編著概念，本項仍由編著者提問，為使用者著手寫作做準備，並提供不同型態的範例（含拼音），作為寫作參考。且於範例後再次針對例文內容，以提問方式，來解析內文重點，使用者據此能很輕易抓住每次寫作的要項，消除不知該寫什麼的焦慮。

三、生詞

　　附有正體字、簡體字、漢語拼音、詞性及英文解釋之對照，由淺入深，逐課增加難度。選詞依照國家華語測驗推動工作委員會所制訂的〈華語八千詞〉作為標準，主要選取 A2 至 B1 等級詞語。但由於本教材內容較多著重在華語學習者在台生活之所需，如表格填寫、履歷、自傳等，而有部分詞彙超過等級，大多為專有名詞，以及部分語境中難以避免之用語，是為特例。

另關於正體字、簡體字對照部分，本教材亦顧及兩岸用語時有不同，因此並非直接做正、簡字轉換，而是以實際用語作為參照，如正體之「郵遞區號」，即陸方用語之「邮政编码」，又「速食」為「快餐」、「移民署」為「国家移民管理局」等。

每個生詞附一條符合程度的例句，並檢附漢語拼音。詞性的分類標準，乃參照鄧守信教授的八大詞類為標記，加以分類。英文解釋選用最貼近該詞彙所使用的時機，過多衍生的詞義則不予附加。

四、句型

同樣附有正體字、簡體字、漢語拼音、詞性及英文解釋之對照，選用相應程度之句型，給予兩個程度相當的例句，隨後附兩則練習，第一則為填空式，第二則為問答式，希望達到讓使用者能靈活運用該句型之目的。

五、寫作時間

經過前段之思考學習，使用者能在此階段，根據所提供之小任務，實際操作演練，嘗試產出該課主題的寫作內容，以檢視成效。小任務依照國家華語測驗推動工作委員會寫作測驗 A2 至 B1 題型，給予寫作引導，能讓使用者通過練習本教材的題目，同時熟悉該考試的測驗模式。

六、小叮嚀

每課最後編有小叮嚀，提醒使用者應特別注意的事項，期待完善編著者於編寫過程中，對每課內容盡可能全方位涵蓋的用心。

本教材另一特點為每課最後附有 QR Code，以手機掃描連結到與主題相關、約三分鐘的短片，由外籍生以生動活潑之劇情拍攝完成。在課程開始前觀賞，可引發學習興趣，引起學習動機；在課程即將結束時觀賞，可作為複習與回顧，將全課總結。由於影片為外籍生製作，為求真實，故內容未按教學語法之規範要求其必須完全正確，特此說明。

因定位為輔助教材，並希望使用者能擺脫以英文為中介語，可能對華語寫作模式和習慣產生影響，以及過度仰賴英文翻譯，而無法專心閱讀華文，因此未編附英文翻譯。另部分範例為表格而非文章，則未提供漢語拼音，特此說明。希望使用者在稍具華語基礎後，以華語學習華語，收事半功倍之效。本教材歷經數月編寫完成，如有未盡周延之處，敬請先進不吝賜教斧正。

編著者

陳嘉凌、李菊鳳

2020 年 12 月

目　錄

第一課

寫卡片

動動腦

1 什麼是卡片？

● 可以在「卡片」裡面做什麼？

☐ 寫字　　☐ 畫圖　　☐ 跳舞　　☐ 唱歌　　☐ 運動

● 為什麼要送給別人？比如說賀年卡、生日卡。

☐ 感謝

☐ 考試

☐ 祝福

☐ 比賽

☐ 請別人來參加活動

2 為什麼要寫卡片？

● 為什麼要寫卡片？

☐ 比較有禮貌

☐ 比較有感情

☐ 可以留下來

☐ 買卡片比較貴

☐ 以後有一天可以再拿出來看

③ 應該寫什麼？

？ 寫給誰？

● 因為什麼事，所以要寫？

☐ 謝謝他
☐ 恭喜他
☐ 祝福他
☐ 請他快寫功課
☐ 請他參加活動

你想跟他說什麼？

你是誰？

什麼時候寫的？

④ 卡片類型？

● 常用來說心裡話的卡片有哪些？

☐ 謝卡
☐ 信用卡
☐ 賀卡
☐ 邀請卡
☐ 健保卡

動動手

一、寫一張謝卡：請寫 70 個字。

想一想

你想對誰說謝謝？	他幫你做了什麼？	
☐ 家人（誰？）	☐ 例：幫我買東西	告訴他你對他的感謝
☐ 朋友	☐ _____	
☐ 老師	☐ _____	
☐ _____	☐ _____	

怎麼寫

範例一

陳老師，您好：

　　上個星期我生病了，謝謝老師帶我去看醫生。要是沒有老師幫我，我一定不知道應該怎麼辦。真的很謝謝您。敬祝

身體健康，萬事如意

　　　　　　　　　　　　　　　　　　學生
　　　　　　　　　　　　　　　　　王小美　敬上
　　　　　　　　　　　　　　　2020 年 2 月 2 日

範例一拼音：

Chén lǎoshī, nín hǎo:

　　Shàng ge xīngqí wǒ shēng bìng le, xièxie lǎoshī dài wǒ qù kàn yīshēng. Yàoshì méiyǒu lǎoshī bāng wǒ, wǒ yídìng bù zhīdào yīnggāi zěnme bàn. Zhēnde hěn xièxie nín. Jìng zhù

Shēntǐ jiànkāng, wànshìrúyì

　　　　　　　　　　　　　　Xuéshēng
　　　　　　　　　　　　　　Wáng Xiǎoměi jìngshàng
　　　　　　　　　　　　　　Èr líng èr líng nián èr yuè èr rì

● 請從上面的範例，找出下面每個問題的部分：

A. 寫給誰？<u>例：陳老師</u>

B. 因為什麼事，所以要寫？<u>　　　　　　　　　　　　　　　　</u>

C. 你想謝謝他的話：<u>　　　　　　　　　　　　　　　</u>

D. 你是誰？<u>　　　　　　　　　　　　　　　　　　</u>

E. 卡片是什麼時候寫的？<u>例：2020 年 2 月 2 日</u>

二、寫一張賀卡：請寫 70 個字。

想一想▶

你想祝福誰？

☐ 家人（誰？）

☐ 老師

☐ 朋友

☐ ＿＿＿＿＿＿＿＿

他有什麼好事？什麼事讓你想祝賀他？

☐ 生日

☐ 過年、過節

☐ 結婚

☐ 生小孩

☐ 找到工作

☐ 考上學校

☐ ＿＿＿＿＿＿＿＿

可以說什麼祝福的話？請告訴他你對他的祝福。

☐ 生日：＿＿＿＿＿＿＿＿＿＿＿＿＿

☐ 過年、過節：＿＿＿＿＿＿＿＿＿＿

☐ 結婚：＿＿＿＿＿＿＿＿＿＿＿＿＿

☐ 生小孩：＿＿＿＿＿＿＿＿＿＿＿＿

☐ 找到工作：＿＿＿＿＿＿＿＿＿＿＿

☐ 考上學校：＿＿＿＿＿＿＿＿＿＿＿

這件好事讓你覺得怎麼樣？

☐ ＿＿＿＿＿＿＿＿＿

☐ ＿＿＿＿＿＿＿＿＿

☐ ＿＿＿＿＿＿＿＿＿

☐ ＿＿＿＿＿＿＿＿＿

怎麼寫 ▶

範例二

陳老師：

　　恭喜您又老了一歲，哈哈！我沒有很多錢買禮物，只能寫卡片祝福您，希望您會很高興。敬祝

生日快樂，天天開心

學生

王小美　敬上

2020 年 2 月 2 日

範例二拼音：

Chén lǎoshī:

　　Gōngxǐ nín yòu lǎo le yí suì, Haha! Wǒ méiyǒu hěn duō qián mǎi lǐwù, zhǐ néng xiě kǎpiàn zhùfú nín, xīwàng nín huì hěn gāoxìng. Jìng zhù

Shēngrì kuàilè, tiān tiān kāixīn

Xuéshēng

Wáng Xiǎoměi jìngshàng

Èr líng èr líng nián èr yuè èr rì

● 請從上面範例，找出下面每個問題的部分：

A. 寫給誰？ _____

B. 因為什麼事，所以要寫？ _____

C. 你想祝福他的話： _____

D. 你是誰？ _____

E. 卡片是什麼時候寫的？ _____

三、寫一張邀請卡：請寫 70 個字。

想一想

你想請誰來參加活動？

☐ 家人（誰？）
☐ 老師
☐ 朋友
☐ ＿＿＿＿＿＿

是什麼活動？

☐ 生日會　　☐ 舞會
☐ 婚禮　　　☐ 開店
☐ ＿＿＿＿＿＿

這個活動在什麼時候？

＿＿＿＿＿＿＿＿＿＿＿＿＿＿＿＿

在哪裡？

☐ 餐廳
☐ ＿＿＿＿＿＿家
☐ 學校
☐ 體育館
☐ ＿＿＿＿＿＿

需要準備什麼嗎？

☐ 蛋糕
☐ 飲料
☐ 錢
☐ 漂亮的衣服
☐ 什麼都不必準備
☐ ＿＿＿＿＿＿

怎麼寫

範例三

陳老師好：

　　我快回國了，要跟同學在學校對面的真好吃餐廳一起吃飯，這星期六中午 12 點要是有空，希望您也能來。敬祝

教安

　　　　　　　　　　　　　　　　　　　　學生

　　　　　　　　　　　　　　　　　　　王小美　敬上

　　　　　　　　　　　　　　　　　　2020 年 2 月 2 日

範例三拼音：

Chén lǎoshī hǎo:

　　Wǒ kuài huí guó le, yào gēn tóngxué zài xuéxiào duìmiàn de Zhēn hǎochī cāntīng yìqǐ chīfàn, zhè xīngqí liù zhōngwǔ shí'èr diǎn yàoshì yǒu kòng, xīwàng nín yě néng lái. Jìng zhù

Jiào ān

　　　　　　　　　　Xuésheng

　　　　　　　　　　　　Wáng Xiǎoměi jìngshàng

　　　　　　　　　　　　Èr líng èr líng nián èr yuè èr rì

● 請從上面範例，找出下面每個問題的部分：

A. 寫給誰？＿＿＿＿＿＿＿＿＿＿＿＿＿＿＿＿＿＿＿＿＿

B. 因為什麼事，所以要寫？＿＿＿＿＿＿＿＿＿＿＿＿＿＿

C. 你想對他說的話：＿＿＿＿＿＿＿＿＿＿＿＿＿＿＿＿＿

D. 你是誰？＿＿＿＿＿＿＿＿＿＿＿＿＿＿＿＿＿＿＿＿＿

E. 卡片是什麼時候寫的？＿＿＿＿＿＿＿＿＿＿＿＿＿＿＿

生　詞

	生詞（正體）	生詞（簡體）	漢語拼音	詞性	英文解釋
1	星期	星期	xīngqí / xīngqī	N	week / day of the week

▶　例：一個星期有七天。
　　　Yí ge xīngqí yǒu qī tiān.

| 2 | 生病 | 生病 | shēng bìng | Vp-sep | to fall ill |

▶　例：我生病了，要去看醫生。
　　　Wǒ shēng bìng le, yào qù kàn yīshēng.

| 3 | 醫生 | 医生 | yīshēng | N | doctor |

▶　例：醫生說我很健康，身體沒問題。
　　　Yīshēng shuō wǒ hěn jiànkāng, shēntǐ méi wèntí.

| 4 | 應該 | 应该 | yīnggāi | Vaux | ought to / should |

▶　例：明天要考試，我應該念書，不要玩手機。
　　　Míngtiān yào kǎoshì, wǒ yīnggāi niànshū, búyào wán shǒujī.

| 5 | 怎麼辦 | 怎么办 | zěnme bàn | IE | what's to be done |

▶　例：我沒錢了，怎麼辦？
　　　Wǒ méi qián le, zěnme bàn?

| 6 | 敬 | 敬 | jìng | Vs-attr | to respect |

▶　例：寫信給老師，說祝福的話要先寫「敬祝」。
　　　Xiě xìn gěi lǎoshī, shuō zhùfú de huà yào xiān xiě "jìng zhù".

7	祝	祝	zhù	V	to wish / to express good wishes / to pray

▶ 例：祝你身體健康，萬事如意。
　　Zhù nǐ shēntǐ jiànkāng, wàn shì rúyì.

8	身體	身体	shēntǐ	N	(human) body / health

▶ 例：張先生最近身體不太好，常常生病。
　　Zhāng xiānshēng zuìjìn shēntǐ bú tài hǎo, chángcháng shēng bìng.

9	健康	健康	jiànkāng	Vs/ N	health / healthy

▶ 例：有人說：「健康是最貴的禮物。」，有錢也買不到。
　　Yǒu rén shuō: "Jiànkāng shì zuì guì de lǐwù.", yǒu qián yě mǎi bú dào.

10	萬事如意	万事如意	wànshìrúyì	IE	to have all one's wishes (idiom) / best wishes / all the best / may all your hopes be fulfilled

▶ 例：「萬事如意」的意思就是每件事都能像你想的那樣好。
　　"Wànshìrúyì" de yìsi jiù shì měi jiàn shì dōu néng xiàng nǐ xiǎng de nàyàng hǎo.

11	敬上	敬上	jìngshàng	IE	yours truly / yours sincerely (at the end of a letter)

▶ 例：寫信給老師，寄信人後面要寫「敬上」。
　　Xiě xìn gěi lǎoshī, jì xìn rén hòumiàn yào xiě "jìngshàng".

12	卡片	卡片	kǎpiàn	N	card

▶ 例：下星期是媽媽的生日，我要寫一張卡片祝她生日快樂！
　　Xià xīngqí shì māma de shēngrì, wǒ yào xiě yì zhāng kǎpiàn zhù tā shēngrì kuàilè!

13	祝福	祝福	zhùfú	V/ N	blessings / to wish sb well

▶ 例：A：祝福你新年快樂，萬事如意！
　　　B：謝謝你的祝福。
　　　A：Zhùfú nǐ xīnnián kuàilè, wànshìrúyì!
　　　B：Xièxie nǐ de zhùfú.

14	希望	希望	xīwàng	V-st/ N	to wish for / to desire / hope

▶ 例：A：希望你的身體一直都很健康。
　　　B：謝謝，這也是我最大的希望。
　　　A：Xīwàng nǐ de shēntǐ yìzhí dōu hěn jiànkāng.
　　　B：Xièxie, zhè yě shì wǒ zuì dà de xīwàng.

15	開心	开心	kāixīn	Vs	to feel happy / to rejoice / to have a great time

▶ 例：今天跟好朋友一起吃飯，聊得真開心！
　　　Jīntiān gēn hǎo péngyǒu yìqǐ chīfàn, liáo de zhēn kāixīn!

16	高興	高兴	gāoxìng	Vs	happy / glad / willing (to do sth) / in a cheerful mood

▶ 例：好久不見了，真高興能在這裡看見你！
　　　Hǎojiǔbújiàn le, zhēn gāoxìng néng zài zhèlǐ kànjiàn nǐ!

17	快樂	快乐	kuàilè	Vs	happy / merry

▶ 例：我在台灣的日子過得很快樂。
　　　Wǒ zài Táiwān de rìzi guò de hěn kuàilè.

18	恭喜	恭喜	gōngxǐ	V	congratulations / greetings

▶ 例：恭喜你考上了大學！
　　　Gōngxǐ nǐ kǎo shàng le dàxué!

19	歲	岁	suì	N	classifier for years (of age) / year

▶ 例：在台灣，18歲以後才可以喝酒。
　　Zài Táiwān, shí bā suì yǐhòu cái kěyǐ hējiǔ.

20	哈	哈	ha	Vi	laughter

▶ 例：哈哈哈！你說的話真有意思！
　　Hahaha! Nǐ shuō de huà zhēn yǒu yìsi!

21	禮物	礼物	lǐwù	N	gift / present

▶ 例：這是我送你的小禮物，希望你喜歡。
　　Zhè shì wǒ sòng nǐ de xiǎo lǐwù, xīwàng nǐ xǐhuān.

22	教安	教安	jiào ān	IE	teach in peace (polite phrase to end a letter to a teacher)

▶ 例：寫信給老師，說祝福的話可以寫「教安」。
　　Xiě xìn gěi lǎoshī, shuō zhùfú de huà kěyǐ xiě "jiào ān".

句型

句型 (正體)	句型 (簡體)	漢語拼音	英文解釋
要是	要是	yàoshì	if

■ 例：要是我有事，就給你打電話。
　　Yàoshì wǒ yǒu shì, jiù gěi nǐ dǎ diànhuà.

■ 例：要是你能來這裡玩，我就去機場接你。
　　Yàoshì nǐ néng lái zhèlǐ wán, wǒ jiù qù jīchǎng jiē nǐ.

練習一：要是_____，就_____。

練習二：A：你週末能不能來參加我的生日會？

　　　　B：_____。

VO 了	VO 了	VO le	action completes change of the state

■ 例：我早上吃飯了。
　　Wǒ zǎoshàng chīfàn le.

■ 例：新聞說明天要下雨了。
　　Xīnwén shuō míngtiān yào xiàyǔ le.

練習一：聽說王小姐已經_____。

練習二：A：昨天下課你去哪裡了？怎麼找不到你？

　　　　B：_____。

| 快 V O 了 | 快 V O 了 | kuài V O le | almost... |

▌例：快考試了，我應該多念書。
　　　Kuài kǎoshì le, wǒ yīnggāi duō niànshū.

▌例：妹妹快上小學了，她很高興。
　　　Mèimei kuài shàng xiǎoxué le, tā hěn gāoxìng.

練習一：＿＿＿＿＿＿＿＿＿＿＿＿＿＿＿＿，我們回家吧！

練習二：A：星期天你為什麼不跟我們出去玩？

　　　　　B：＿＿＿＿＿＿＿＿＿＿＿＿＿＿＿＿＿。

| A 跟 B | A 跟 B | A gēn B | A and B |

▌例：我跟大明小時候就認識了。
　　　Wǒ gēn Dàmíng xiǎo shíhòu jiù rènshì le.

▌例：今天晚上我要跟大明一起去吃飯。
　　　Jīntiān wǎnshàng wǒ yào gēn Dàmíng yìqǐ qù chīfàn.

練習一：＿＿＿＿＿＿＿＿＿＿＿＿都不知道那家餐廳叫什麼名字。

練習二：A：昨天晚上你跟誰去看的電影？

　　　　　B：＿＿＿＿＿＿＿＿＿＿＿＿＿＿＿＿＿。

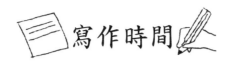

小任務

父親節／母親節快到了，請寫一張卡片給父親或母親。

● 裡面要有三件事：1. 謝謝父親／母親。

　　　　　　　　　　2. 請父親／母親吃飯。

　　　　　　　　　　3. 祝他／她節日快樂。

● 請寫 70-100 字。

小叮嚀 ⚠️❗

1. 敬上：常用在給長輩（zhǎngbèi: older generation）寫信，寫上自己的名字，然後加在後面，表示尊敬（zūnjìng: to respect）的話。

2. 上：常用在給平輩（píngbèi: of the same generation）寫信，寫上自己的名字，然後加在後面，表示客氣的話。

3. 四字格祝福語：華人常用四個字來祝福別人。

　　　◆比如說過年的時候常說：

　　　　「恭喜發財（gōngxǐ fācái）」

　　　　「大吉大利（dà jí dà lì）」

　　　◆開店的時候常說：

　　　　「生意興隆（shēngyì xīnglóng）」

　　　　「財源廣進（cái yuán guǎng jìn）」

掃我有更多內容哦！

第二課

寫便條和簡訊

第一部分　便　條

動動腦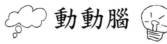

1　什麼是便條？

- 「便條」常是一張裡面寫著短短的字的小紙條。
- 便：簡單。

  條：紙條。
- 為什麼要用？

  A. 怕忘記事情，寫在便條紙上，讓自己記得。

  B. 要請人幫忙送東西過去，或是要找的人不在，就可以寫一張便條留話給他。

- 什麼時候可以用？

  ☐ 很忙

  ☐ 趕時間

  ☐ 有話要慢慢說

  ☐ 有大事要通知

  ☐ 說比較簡單或不太重要的事

- 哪些事可以寫便條給別人？

  ☐ 請假

  ☐ 送他東西

  ☐ 通知他事情

  ☐ 借東西或是還東西

  ☐ 找不到他，要留話

- 可以在便條裡面做什麼？

  ☐ 寫字

  ☐ 畫圖

  ☐ 跳舞

  ☐ 唱歌

  ☐ 運動

- 便條是很正式的嗎？

  （正式 zhèngshì：formal）

  ☐ 是

  ☐ 不是

② 可以寫給誰？

- 大部分寫給已經認識的、關係比較近的人或是家人。

- 最好不要寫給不認識的人或是不太親近的長輩（zhǎngbèi：eldership）。

- 為什麼？

  ☐ 不禮貌

  ☐ 便條紙很貴

  ☐ 不想跟他們說話

  ☐ 便條是比較隨便的短信

  ☐ ＿＿＿＿＿＿＿＿＿＿＿＿＿

③ 應該寫什麼？

- 寫給誰？

- 你要跟他說什麼？

- 你是誰？

- 什麼時候寫的？

動動手

一、給朋友寫一張便條：不超過 120 個字。

想一想 你要出去，請朋友等你回來一起去吃晚飯。

- 你想寫給哪位朋友？ _____
- 你要跟他說什麼？ _____
  _____
- 你是誰？ _____
- 什麼時候寫的？ _____

怎麼寫

範例一

美美：

　　我去找阿華談一談功課的事，晚上七點以前會回來，請在宿舍等我，我想跟你一起去吃晚餐。

安安留

下午 2:00

範例一拼音：

Měiměi:

　　Wǒ qù zhǎo Ā Huá tán yì tán gōngkè de shì, wǎnshàng qī diǎn yǐqián huì huílái, qǐng zài sùshè děng wǒ, wǒ xiǎng gēn nǐ yìqǐ qù chī wǎncān.

Ān'ān liú
Xiàwǔ liǎng diǎn

● 請從上面的範例，找出下面每個問題的部分：

A. 寫給誰？_____

B. 因為什麼事，所以要寫？_____

C. 你是誰？_____

D. 是什麼時候寫的？_____

二、給老師寫一張便條： 不超過120個字。

想一想　　請同學幫你把便條帶給老師。

● 你想寫給哪位朋友？_____

● 你要跟他說什麼？_____

_____

_____

● 你是誰？_____

● 什麼時候寫的？_____

怎麼寫 ▶

範例二

陳老師，您好：

　　我今天要去移民署辦居留證的事，不能去上課，對不起。我會請安安告訴我有什麼作業，明天給老師看，謝謝。

身體健康，萬事如意

學生王小美敬上

2020 年 2 月 2 日

範例二拼音：

Chén lǎoshī, nín hǎo:

　　Wǒ jīntiān yào qù yímín shǔ bàn jūliú zhèng de shì, bùnéng qù shàngkè, duìbùqǐ. Wǒ huì qǐng Ān'ān gàosù wǒ yǒu shénme zuòyè, míngtiān gěi lǎoshī kàn, xièxie.

Shēngtǐ jiànkāng, wànshìrúyì

Xuéshēng Wáng Xiǎoměi jìngshàng
Èr líng èr líng nián èr yuè èr rì

● **請從上面的範例，找出下面每個問題的部分：**

　　A. 寫給誰？ _____

　　B. 因為什麼事，所以要寫？ _____

　　C. 你是誰？ _____

　　D. 是什麼時候寫的？ _____

第二部分　簡　訊

 動動腦

① 什麼是簡訊？

- 「簡訊」是要告訴別人事情的時候，用手機打上簡單的話，然後寄給他的文字。
- 簡：簡單。

  訊：訊息。
- 在中國常用的名字叫「短信」。
- 現在大家喜歡用的 Line、FB Messenger、WhatsApp、WeChat……，我們傳給別人的字，台灣人常叫它們「訊息（xùnxí）」，中國人常說「信息（xìnxī）」。

- 什麼時候可以用？

☐ 想跟他聊天

☐ 不知道他在哪裡

☐ 有急事想要他快點知道

☐ 想要快點知道他會怎麼說

☐ 有不想在他前面跟他說的事

☐ _____

☐ _____

- 可以在簡訊裡面做什麼？

☐ 打字

☐ 貼圖（tiētú: emoticon / sticker）

☐ _____

☐ _____

② 可以寫給誰？

● 可以寫給誰？

☐ 家人
☐ 朋友
☐ 老師
☐ ＿＿＿＿＿＿＿＿＿＿＿
☐ ＿＿＿＿＿＿＿＿＿＿＿

③ 應該寫什麼？

● 應該寫什麼？

1. 寫給誰？

2. 你要跟他說什麼？

3. 你是誰？

④ 書寫時間呢？

● 簡訊跟訊息為什麼不必寫「是什麼時候寫的」？

＿＿＿＿＿＿＿＿＿＿＿＿＿＿＿＿＿＿＿＿＿＿

2020 年 2 月 2 日

⑤ 寫信的人呢？

● 「你是誰」一定要寫嗎？為什麼？

＿＿＿＿＿＿＿＿＿＿＿＿＿＿＿＿＿＿＿＿＿＿

動動手

一、寫一條手機簡訊：不超過 120 個字。

想一想　你想在網路上買一支新手機，想問老闆現在有沒有貨。

● 你想寫給誰？
_____

● 你要跟他說什麼？
_____
_____
_____

● 你是誰？
_____

怎麼寫

範例三

老闆您好，我在買買網上看到您有賣水果 12 的手機，請問現在有沒有粉紅色的？您也賣藍牙耳機嗎？多少錢？因為我上課的時候不方便接電話，請傳簡訊回答我，謝謝。王小姐

範例三拼音：

Lǎobǎn nín hǎo, wǒ zài Mǎimǎi wǎng shàng kàn dào nín yǒu mài Shuǐguǒ shí'èr de shǒujī, qǐngwèn xiànzài yǒu méiyǒu fěnhóngsè de? Nín yě mài lányá ěrjī ma? Duōshǎo qián? Yīnwèi wǒ shàngkè de shíhòu bù fāngbiàn jiē diànhuà, qǐng chuán jiǎnxùn huídá wǒ, xièxie. Wáng xiǎojiě

- 請從上面的範例，找出下面每個問題的部分：

    A. 寫給誰？＿＿＿＿＿＿＿＿＿＿＿＿＿＿＿＿＿

    B. 因為什麼事，所以要寫？＿＿＿＿＿＿＿＿＿

    ＿＿＿＿＿＿＿＿＿＿＿＿＿＿＿＿＿＿＿＿＿＿＿＿

    ＿＿＿＿＿＿＿＿＿＿＿＿＿＿＿＿＿＿＿＿＿＿＿＿

    C. 你是誰？＿＿＿＿＿＿＿＿＿＿＿＿＿＿＿＿＿

二、用通訊軟體給朋友寫一條訊息： 不超過 120 個字。

（＊ 通訊軟體 tōngxùn ruǎntǐ: communication app）

想一想 你想跟朋友借錢／東西。

- 你想寫給誰？

    ＿＿＿＿＿＿＿＿＿

- 你要跟他說什麼？

    ＿＿＿＿＿＿＿＿＿＿＿＿＿

    ＿＿＿＿＿＿＿＿＿＿＿＿＿

    ＿＿＿＿＿＿＿＿＿＿＿＿＿

- 你是誰？

    ＿＿＿＿＿＿＿＿＿＿＿＿＿

怎麼寫 ▶

範例四

安安，今天上午我就有一件事想跟你說，可是那時候我覺得很不好意思，所以現在寄訊息告訴你。因為上個月我買了新電腦，昨天老師要我們買新課本，我的錢就不夠了。我想跟你借一千塊，下個月拿到獎學金就還給你，可以嗎？謝謝。

範例四拼音：

Ān'ān, jīntiān shàngwǔ wǒ jiù yǒu yí jiàn shì xiǎng gēn nǐ shuō, kěshì nà shíhòu wǒ juéde hěn bùhǎoyìsi, suǒyǐ xiànzài jì xùnxí gàosù nǐ. Yīnwèi shàng ge yuè wǒ mǎi le xīn diànnǎo, zuótiān lǎoshī yào wǒmen mǎi xīn kèběn, wǒ de qián jiù búgòu le. Wǒ xiǎng gēn nǐ jiè yì qiān kuài, xià ge yuè ná dào jiǎngxuéjīn jiù huán gěi nǐ, kěyǐ ma? Xièxie.

- 請從上面的範例，找出下面每個問題的部分：

    A. 寫給誰？_____

    B. 因為什麼事，所以要寫？_____

    _____

    _____

生 詞

	生詞（正體）	生詞（簡體）	漢語拼音	詞性	英文解釋
1	談	谈	tán	V	to speak / to talk / to converse / to discuss

▶ 例：爸爸跟王伯伯正在屋子裡談話，別進去。
　　Bàba gēn Wáng bóbo zhèng zài wūzi lǐ tánhuà, bié jìnqù.

	生詞（正體）	生詞（簡體）	漢語拼音	詞性	英文解釋
2	宿舍	宿舍	sùshè	N	dormitory / dorm room

▶ 例：下了課，我就回宿舍去休息。
　　Xià le kè, wǒ jiù huí sùshè qù xiūxí.

	生詞（正體）	生詞（簡體）	漢語拼音	詞性	英文解釋
3	留	留	liú	V	to leave (a message etc.)

▶ 例：張先生不在，請問您要留話嗎？
　　Zhāng xiānshēng bú zài, qǐngwèn nín yào liúhuà ma?

	生詞（正體）	生詞（簡體）	漢語拼音	詞性	英文解釋
4	移民署	国家移民管理局	yímín shǔ / guójiā yímín guǎnlǐ jú	N	National Immigration Agency

▶ 例：移民署只辦外國人的事嗎？
　　Yímín shǔ zhǐ bàn wàiguó rén de shì ma?

	生詞（正體）	生詞（簡體）	漢語拼音	詞性	英文解釋
5	辦	办	bàn	V	to do / to manage / to handle

▶ 例：這件事很重要，你快去辦！
　　Zhè jiàn shì hěn zhòngyào, nǐ kuài qù bàn!

6	居留證	居留許可	jūliú zhèng / jūliú xǔkě	N	residence permit (ARC)

▶ 例：請問我得在你們國家住多久，才可以辦居留證？
　　Qǐngwèn wǒ děi zài nǐmen guójiā zhù duōjiǔ, cái kěyǐ bàn jūliú zhèng?

7	作業	作业	zuòyè	N	school assignment / homework / task

▶ 例：我忘了帶作業本回家，今天不能寫作業了。
　　Wǒ wàng le dài zuòyè běn huí jiā, jīntiān bùnéng xiě zuòyè le.

8	手機	手机	shǒujī	N	cell phone / mobile phone

▶ 例：手機還有一個名字叫「大哥大」。
　　Shǒujī hái yǒu yí ge míngzi jiào "dàgēdà".

9	粉紅色	粉红色	fěnhóngsè	N	pink

▶ 例：女孩子都喜歡粉紅色嗎？
　　Nǚ háizi dōu xǐhuān fěnhóngsè ma?

10	藍牙	蓝牙	lányá	N	Bluetooth

▶ 例：要讓手機跟電腦配對*，請先開藍牙。
　　Yào ràng shǒujī gēn diànnǎo pèiduì, qǐng xiān kāi lányá.
　　* 配對（pèiduì）：create a Bluetooth connection between cell phone and computer

11	耳機	耳机	ěrjī	N	headphones / earphones

▶ 例：有的醫生說常戴耳機聽音樂，對耳朵不好。
　　Yǒude yīshēng shuō cháng dài ěrjī tīng yīnyuè, duì ěrduo bù hǎo.

12	電話	电话	diànhuà	N	telephone

▶ 例：要是你不能來，請打電話告訴我。
Yàoshì nǐ bùnéng lái, qǐng dǎ diànhuà gàosù wǒ.

13	傳	传	chuán	V	to send

▶ 例：妹妹傳給我一張爸爸過生日的照片。
Mèimei chuán gěi wǒ yì zhāng bàba guò shēngrì de zhàopiàn.

14	簡訊	短信	jiǎnxùn / duǎnxìn	N	SMS message

▶ 例：書店用簡訊通知我訂 * 的書已經來了。
Shūdiàn yòng jiǎnxùn tōngzhī wǒ dìng de shū yǐjīng lái le.
* 訂（dìng）：to book / to order

15	回答	回答	huídá	V	to reply / to answer

▶ 例：要是有人問我「吃飯了嗎？」我應該怎麼回答？
Yàoshì yǒurén wèn wǒ "Chīfàn le ma?" Wǒ yīnggāi zěnme huídá?

16	寄	寄	jì	V	to mail / to send

▶ 例：昨天我寄了一封信給你，你看到了嗎？
Zuótiān wǒ jì le yì fēng xìn gěi nǐ, nǐ kàndào le ma?

17	訊息	信息	xùnxí / xìnxī	N	information / news / message / text message or SMS

▶ 例：請把期末考試的訊息寄給我，好嗎？
Qǐng bǎ qímò kǎoshì de xùnxí jì gěi wǒ, hǎo ma?

18	電腦	计算机	diànnǎo / jìsuànjī	N	computer

▶ 例：筆記型 * 電腦和桌上型電腦，哪種比較方便？
   Bǐjì xíng diànnǎo hé zhuōshàng xíng diànnǎo, nǎ zhǒng bǐjiào fāngbiàn?
   * 型（xíng）：type

19	課本	课本	kèběn	N	textbook

▶ 例：上這門課需要買兩本課本。
   Shàng zhè mén kè xūyào mǎi liǎng běn kèběn.

20	借	借	jiè	V	to lend / to borrow

▶ 例：A：我想跟你借這本課本，可以嗎？
   B：對不起，我還要用，不能借你。
   A：Wǒ xiǎng gēn nǐ jiè zhè běn kèběn, kěyǐ ma?
   B：Duìbùqǐ, wǒ hái yào yòng, bùnéng jiè nǐ.

21	獎學金	奖学金	jiǎngxuéjīn	N	scholarship

▶ 例：他的功課很好，每學期都拿獎學金。
   Tā de gōngkè hěn hǎo, měi xuéqí dōu ná jiǎngxuéjīn.

22	還	还	huán	V	to return / to pay back

▶ 例：我上個月借的書今天得還。
   Wǒ shàng ge yuè jiè de shū jīntiān děi huán.

句　型

句型 (正體)	句型 (簡體)	漢語拼音	英文解釋
V（一）V	V（一）V	V (yī) V	this action will take a short period of time

例：這個問題，我要再想一想。
Zhè ge wèntí, wǒ yào zài xiǎng yì xiǎng.

例：請你說一說你是怎麼學中文的。
Qǐng nǐ shuō yì shuō nǐ shì zěnme xué Zhōngwén de.

練習一：那個東西在哪裡我不知道，我要_____。

練習二：A：你為什麼想學做菜？

　　　　B：_____。

請	请	qǐng	to ask a favor

例：我請他幫我買一杯冰咖啡，可是他買了熱的。
Wǒ qǐng tā bāng wǒ mǎi yì bēi bīng kāfēi,
kěshì tā mǎi le rè de.

例：可以請你幫幫忙嗎？
Kěyǐ qǐng nǐ bāng bāng máng ma?

練習一：_____，因為我一個人沒

　　　　辦法。

練習二：A：我要去吃飯，你要不要一起去？

　　　　B：_____。

| ……的時候 | ……的时候 | … de shíhòu | When… |

▌例：天冷的時候，要多穿幾件衣服。
　　Tiān lěng de shíhòu, yào duō chuān jǐ jiàn yīfú.

▌例：他高興的時候就唱歌。
　　Tā gāoxìng de shíhòu jiù chànggē.

練習一：＿＿＿＿＿＿＿＿＿＿＿＿＿＿＿＿＿，不要玩手機！

練習二：A：你什麼時候會緊張？
　　　　B：＿＿＿＿＿＿＿＿＿＿＿＿＿＿＿＿＿。

| V 給 | V 给 | V gěi | give from A to B |

▌例：你昨天拿給我的餅乾*，我還沒吃。
　　Nǐ zuótiān ná gěi wǒ de bǐnggān, wǒ hái méi chī.
　　* 餅乾（bǐnggān）：cookie

▌例：這個禮物是爸媽寄給我的。
　　Zhè ge lǐwù shì bà mā jì gěi wǒ de.

練習一：老師要我把這份作業＿＿＿＿＿＿＿＿＿＿＿＿＿＿。

練習二：A：這些舊東西，你打算怎麼辦？
　　　　B：＿＿＿＿＿＿＿＿＿＿＿＿＿＿＿＿＿。

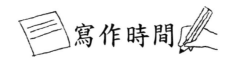

寫作時間

> **小任務**

你從你們國家帶了禮物來想送給朋友，可是他不在宿舍，請寫一張便條留給他。

- 裡面要有兩件事：1. 為什麼來找他？
  2. 有什麼特別的話想跟他說？

- 請不要超過 120 字。

請給同學寫一條簡訊，找他今天晚上一起打球。

● 裡面要有兩件事：1.找他有什麼事？

2.幾點鐘、在哪裡見面？

● 請不要超過 120 字。

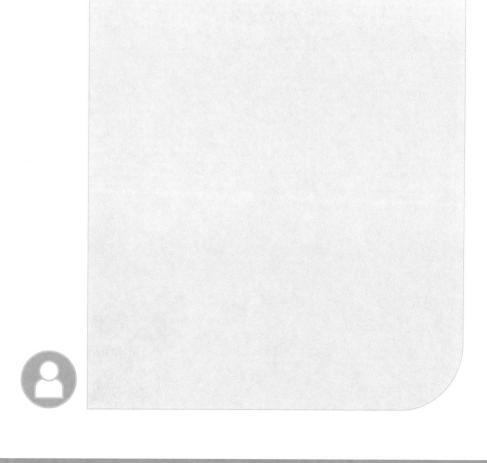

小叮嚀

1. 雖然便條跟簡訊的字很少,但還是要把事情用最簡單的話說清楚。

2. 便條是不封起來的,如果封起來寄出去,就是信,不是便條了。

3. 便條常常就放在大家看得到的地方,不想被人知道的事就不要寫在上面。

4. 寫便條留給長輩時,可以在名字後面用「敬上」,不用也可以。

5. 一開始傳簡訊(訊息)給別人的時候,還是要有稱謂(chēngwèi: name or title),要不然不禮貌。

掃我有更多內容哦!

第三課

寫明信片和信封

第一部分　明信片

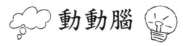

動動腦

1　什麼是明信片？

- 「明信片」是一種不用信封的信。就是一張紙片，可以一面寫訊息，一面寫寄送地址和收信人的名字，也可以寫在同一面。

- 有直的跟橫的兩種。

- 有的明信片上已經有郵票了，有的要自己買郵票貼上去。

- 明：上面的話別人看得到。

- 信：可以像信一樣寄給別人，或是信息。

- 片：紙片。

- 為什麼要用？

  A. 只要寫幾句簡單的、不怕別人看到的話。

  B. 把自己在那時候想的寫下來，寄給自己或是家人、朋友……。

- 什麼時候可以用？

  - ☐ 問好
  - ☐ 旅行的時候
  - ☐ 過年過節的祝福
  - ☐ 通知大家都可以知道的事
  - ☐ 把特別的時間或事情記下來

- 可以在明信片上面做什麼？

  - ☐ 寫字
  - ☐ 畫圖
  - ☐ 告白（gàobái: reveal romantic feelings to someone）
  - ☐ 寫秘密（mìmì: secret）
  - ☐ 說別人的壞話

- 明信片是正式的信嗎？

  - ☐ 是
  - ☐ 不是

② 可以寫給誰？

郵政明信片

請寫收件人郵遞區號

寄件人郵遞區號

圖 1：取自中華郵政集郵電子商城網頁：
鼠年明信片

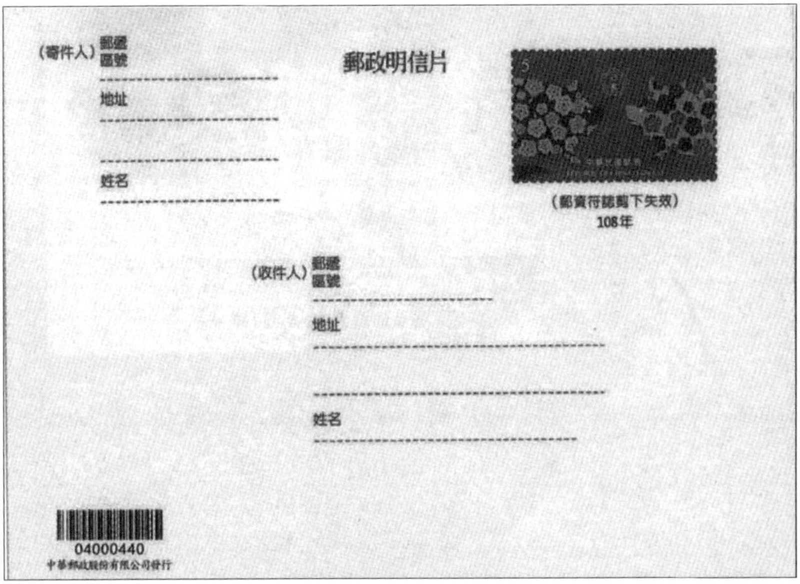

STAMP

TO: 郵遞區號

地址

姓名

(寄件人) 郵遞區號

地址

姓名

郵政明信片

(郵資符號剪下失效)
108年

(收件人) 郵遞區號

地址

姓名

04000440
中華郵政股份有限公司發行

圖 2：取自中華郵政集郵電子商城網頁：橫式郵政明信片

③ 應該寫什麼？

‧寫給誰？

→ 收件人

郵遞區號：是方便郵局的人知道收件人住在哪一區，可以快點把郵件送到的號碼。

> 在台灣，從 2020 年 3 月起，有 6 個號碼，以前是 5 個，寫在地址的最前面。

地　　址：要寄送的地方在哪裡。

姓　　名：收件人的名字。

> 因為明信片只有一張紙片，不能打開，所以收件人姓名後面，只可以用「收」。

‧你要跟他說什麼？

　　雖然收件人已經寫了他的名字，可是明信片裡的話也是信，所以他的名字還要在說什麼的最前面再寫一次。

1. 圖 1 寫在明信片的後面。
2. 圖 2 寫在左邊空白的地方。

‧你是誰？

→ 寄件人

郵遞區號：你住在哪一區？要是他回信給你，可以快點把郵件送到的號碼。

地　　址：你在哪裡。

姓　　名：你的名字。

> 雖然寄件人已經寫了你的名字，可是明信片裡的話也是信，所以你名字還要在說什麼的最後面再寫一次。

※ 注意：有時候因為明信片大小的關係，寄件人的郵遞區號、地址可以不寫。

‧什麼時候寫的？

動動手

一、給朋友寫一張明信片：不超過 120 個字。

想一想 你想告訴他你在台南念書的事。

● 你想寫給哪位朋友？　_____

● 你要跟他說什麼？　_____
　_____

● 你是誰？　_____

● 什麼時候寫的？　_____

● 收件人 　□□□□□□	● 寄件人 　□□□□□□
地址：_____	地址：_____
_____	_____
姓名：_____	姓名：_____

怎麼寫

範例一

安安:

　　好久不見,最近好嗎?

　　我現在在台南念書,這裡的風景很美,也有不少好吃的東西。有時間你一定要來看看,記得來找我玩喔!

　　　　　　　　　　小美

　　　　　　2020 年 2 月 2 日

700004

台南市中西區

大全街 5 號

王小美寄

　　　244014

　　　　新北市林口區

　　　　仁愛路一段 2 號

　　　　李安安　同學　收

範例一拼音:

範例一

Ān'ān:

　　Hǎojiǔbújiàn, zuìjìn hǎo ma? Wǒ xiànzài zài Táinán niànshū, zhèlǐ de fēngjǐng hěn měi, yě yǒu bùshǎo hǎochī de dōngxi . Yǒu shíjiān nǐ yídìng yào lái kànkan, jìdé lái zhǎo wǒ wán ō/yō!

　　　　　　　　Xiǎoměi

　　Èr líng èr líng nián èr yuè èr rì

700004

Táinán Shì, Zhōngxī Qū, Dàquán Jiē, 5 Hào

Wáng Xiǎoměi jì

　　244014

　　　Xīnběi Shì Línkǒu Qū Rén'ài Lù yī Duàn èr Hào Lǐ Ān'ān tóngxué shōu

● 請從上面的範例，找出下面每個問題的部分：

　　A. 寫給誰？＿＿＿＿＿＿＿＿＿＿＿＿＿＿＿＿＿

　　B. 因為什麼事，所以要寫？＿＿＿＿＿＿＿＿＿＿＿

　　C. 你是誰？＿＿＿＿＿＿＿＿＿＿＿＿＿＿＿＿＿

　　D. 是什麼時候寫的？＿＿＿＿＿＿＿＿＿＿＿＿＿＿

　　E. 收件人的郵遞區號是：＿＿＿＿＿＿＿＿＿＿＿＿

　　F. 寄件人的郵遞區號是：＿＿＿＿＿＿＿＿＿＿＿＿

　　G. 收件人的地址是：＿＿＿＿＿＿＿＿＿＿＿＿＿＿

　　H. 寄件人的地址是：＿＿＿＿＿＿＿＿＿＿＿＿＿＿

二、給老師寫一張明信片：不超過 120 個字。

想一想　　新年前，你想告訴老師你在台南念書的事，謝謝老師教過你。

● 你想寫給哪位老師？　＿＿＿＿＿＿＿＿＿＿

● 你要跟老師說什麼？　＿＿＿＿＿＿＿＿＿＿

● 你是誰？　＿＿＿＿＿＿＿＿＿＿＿＿＿＿

● 什麼時候寫的？　＿＿＿＿＿＿＿＿＿＿

● 收件人　☐☐☐☐☐☐

地址：＿＿＿＿＿＿＿＿＿＿＿＿＿＿

＿＿＿＿＿＿＿＿＿＿＿＿＿＿

姓名：＿＿＿＿＿＿＿＿＿＿＿

● 寄件人　☐☐☐☐☐☐

地址：＿＿＿＿＿＿＿＿＿＿＿

＿＿＿＿＿＿＿＿＿＿＿

姓名：＿＿＿＿＿＿＿＿＿

怎麼寫 ▶

範例二

244014　新北市林口區
　　　　仁愛路一段 2 號

　　　　　　陳佳佳　老師　收

佳佳老師：

　　好久不見，感謝您教我中文，現在我在台南念大學，這裡有很多漂亮的風景跟好吃的小吃，我很喜歡這裡的生活。等我放假的時候再回學校看您。新年快到了，敬祝
新年快樂，萬事如意

　　　　　　　　　　　　　　　　學生
　　　　　　　　　　　　　　　王小美敬上
　　　　　　　　　　　　　　2020 年 2 月 2 日

範例二拼音：

範例二

244014　Xīnběi Shì, Línkǒu Qū,
　　　　Rén'ài Lù yī Duàn, èr Hào

Chén Jiājiā lǎoshī shōu

Jiājiā lǎoshī:

　　Hǎojiǔbújiàn, gǎnxiè nín jiāo wǒ Zhōngwén, xiànzài wǒ zài Táinán niàn dàxué, zhèlǐ yǒu hěnduō piàoliàng de fēngjǐng gēn hǎochī de xiǎochī, wǒ hěn xǐhuān zhèlǐ de shēnghuó. Děng wǒ fàngjià de shíhòu zài huí xuéxiào kàn nín. Xīnnián kuài dào le, jìng zhù
Xīnnián kuàilè, wànshìrúyì

　　　　　　　　　　　　Xuéshēng

　　　　　　　　　　　　　　Wáng Xiǎoměi jìngshàng

　　　　　　　　　　　　　Èr líng èr líng nián èr yuè èr rì

- 請從上面的範例，找出下面每個問題的部分：

　A. 寫給誰？＿＿＿＿＿＿＿＿＿＿＿＿＿＿＿＿＿＿＿

　B. 因為什麼事，所以要寫？＿＿＿＿＿＿＿＿＿＿＿＿

　C. 你是誰？＿＿＿＿＿＿＿＿＿＿＿＿＿＿＿＿＿＿＿

　D. 是什麼時候寫的？＿＿＿＿＿＿＿＿＿＿＿＿＿＿＿

　E. 收件人的郵遞區號是：＿＿＿＿＿＿＿＿＿＿＿＿＿

　F. 收件人的地址是：＿＿＿＿＿＿＿＿＿＿＿＿＿＿＿

　G. 寄件人的地址是：＿＿＿＿＿＿＿＿＿＿＿＿＿＿＿

第二部分　信封

動動腦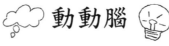

① 什麼是信封？

- 「信封」是裝信的紙袋。把寫好的信放進信封去以後，把信封口封起來，然後再寄出去或交給別人。

- 信：寫好的信。

  封：封起來或封起來的紙袋。

- 為什麼要用？

  A. 把信裝在信封裡封好，不會被別人看到。

  B. 方便請郵差幫我們寄送。

  C. 把東西或錢裝進信封，再拿給別人，比較有禮貌。

② 應該寫什麼？

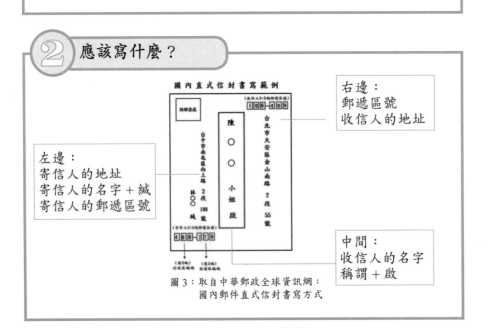

國內直式信封書寫範例

右邊：
郵遞區號
收信人的地址

左邊：
寄信人的地址
寄信人的名字＋緘
寄信人的郵遞區號

中間：
收信人的名字
稱謂＋啟

圖 3：取自中華郵政全球資訊網：
國內郵件直式信封書寫方式

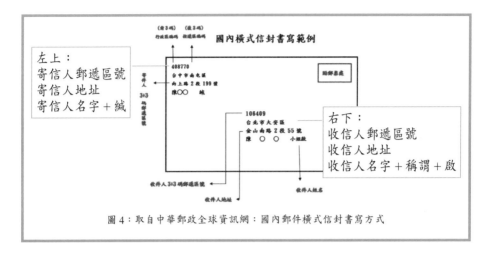

圖 4：取自中華郵政全球資訊網：國內郵件橫式信封書寫方式

- 「稱謂」這個地方，關係不一樣，應該用不一樣的詞。

  1. 寫給有工作稱謂的人，就用工作稱謂，比如說：陳佳佳校長、李安安老師、張天天經理。

  2. 平常的人，男的用「先生」，女的用「小姐」。年紀大一點的女人，可以用「女士」；中國喜歡用「女士」，不喜歡用「小姐」，有的人覺得小姐有不好的意思。

  3. 寫給父母親要用「先生」、「女士」，因為中間是寫給郵差看，所以不可以寫父親、母親啟。

- 「啟」這個地方，關係不一樣，應該用不一樣的詞。

  1. 寫給家裡的長輩：安啟（ān qǐ）。
  2. 寫給平常的長輩：鈞啟（jūn qǐ）。
  3. 寫給老師：道啟（dào qǐ）。
  4. 寫給平輩（píng bèi: same generation）：台啟（tái qǐ）、大啟（dà qǐ）。
  5. 寫給親近的朋友，常比較隨便，只用「啟」或是「親啟」。
  6. 寫給晚輩（wǎn bèi: younger generation）：啟（qǐ）、收（shōu）。

- 「緘」這個地方，也可以用「寄」。

動動手

一、寫一個直的信封：給老師。

怎麼寫

範例三

```
2 4 4 0 1 4                          2 4 4 0 1 4

陳佳佳  女士  鈞啟                      陳佳佳  老師  道啟

新北市林口區仁愛路一段二號              新北市林口區仁愛路一段二號

台南市中西區大全街五號王緘              台南市中西區大全街五號王緘

1 1 1 1 1 1                          1 1 1 1 1 1
```

● 從上面的範例，找出下面每個問題的部分：

A. 寫給誰？＿＿＿＿＿＿＿＿＿＿＿＿＿＿＿＿＿＿＿

B. 寄件人跟陳佳佳是什麼關係？＿＿＿＿＿＿＿＿＿＿＿

C. 收件人的郵遞區號是：＿＿＿＿＿＿＿＿＿＿＿＿＿＿

D. 收件人的地址是：＿＿＿＿＿＿＿＿＿＿＿＿＿＿＿＿

E. 寄件人的郵遞區號是：＿＿＿＿＿＿＿＿＿＿＿＿＿＿

F. 寄件人的地址是：＿＿＿＿＿＿＿＿＿＿＿＿＿＿＿＿

二、寫一個橫的信封：給朋友。

怎麼寫 ▶

$\boxed{2}\boxed{4}\boxed{4}\boxed{0}\boxed{1}\boxed{4}$

新北市林口區仁愛路一段2號　陳緘

$\boxed{6}\boxed{4}\boxed{0}\boxed{3}\boxed{2}\boxed{1}$

台北市大同區正義北路5號

黃小志　先生　啟

● 請從上面的範例，找出下面每個問題的部分：

A. 寫給誰？＿＿＿＿＿＿＿＿＿＿＿＿＿＿＿＿＿＿＿＿

B. 寄件人跟黃小志是什麼關係？＿＿＿＿＿＿＿＿＿＿＿＿

C. 收件人的郵遞區號是：＿＿＿＿＿＿＿＿＿＿＿＿＿＿＿

D. 收件人的地址是：＿＿＿＿＿＿＿＿＿＿＿＿＿＿＿＿＿

E. 寄件人的郵遞區號是：＿＿＿＿＿＿＿＿＿＿＿＿＿＿＿

F. 寄件人的地址是：＿＿＿＿＿＿＿＿＿＿＿＿＿＿＿＿＿

生 詞

	生詞（正體）	生詞（簡體）	漢語拼音	詞性	英文解釋
1	明信片	明信片	míngxìnpiàn	N	post card

▶ 例：一張桃園機場的風景明信片多少錢？
Yì zhāng Táoyuán jīchǎng de fēngjǐng míngxìnpiàn duōshǎo qián?

| 2 | 信封 | 信封 | xìnfēng | N | envelope |

▶ 例：付錢的時候，不可以把錢裝在白色的信封裡給別人。
Fù qián de shíhòu, bù kěyǐ bǎ qián zhuāng zài báisè de xìnfēng lǐ gěi biérén.

| 3 | 收件人 | 收件人 | shōu jiàn rén | N | receipient |

▶ 例：這封信你忘了寫收件人，不知道寄給誰。
Zhè fēng xìn nǐ wàng le xiě shōu jiàn rén, bù zhīdào jì gěi shéi.

| 4 | 郵遞區號 | 邮政编码 | yóudì qūhào / yóuzhèng biānmǎ | N | postal code |

▶ 例：你把郵遞區號寫上，郵差才能更快幫你把信送到。
Nǐ bǎ yóudì qūhào xiě shàng, yóuchāi cái néng gèng kuài bāng nǐ bǎ xìn sòng dào.

| 5 | 寄件人 | 寄件人 | jì jiàn rén | N | sender |

▶ 例：誰寄信給別人，誰就是寄件人。
Shéi jì xìn gěi biérén, shéi jiùshì jì jiàn rén.

6	市	市	shì	N	city

▶ 例：台北是一個市還是一個縣＊？
Táiběi shì yí ge shì háishì yí ge xiàn?
＊縣（xiàn）：county

7	區	区	qū	N	district

▶ 例：那個市很大，一共有 10 個區。
Nà ge shì hěn dà, yígòng yǒu shí ge qū.

8	街	街	jiē	N	street

▶ 例：這條街都是賣鞋子的，你慢慢看。
Zhè tiáo jiē dōu shì mài xiézi de, nǐ mànman kàn.

9	路	路	lù	N	road

▶ 例：這條路很小，可是車子很多。
Zhè tiáo lù hěn xiǎo, kěshì chēzi hěn duō.

10	段	段	duàn	N	section

▶ 例：那條路好長，有七段。
Nà tiáo lù hǎo cháng, yǒu qī duàn.

11	收	收	shōu	V	to receive

▶ 例：我寄給你的信，你收到了嗎？
Wǒ jì gěi nǐ de xìn, nǐ shōu dào le ma?

12	感謝	感谢	gǎnxiè	V	to thank / thank you (formal than "xièxie")

▶ 例：他總是幫我忙，我很感謝他。
Tā zǒngshì bāng wǒ máng, wǒ hěn gǎnxiè tā.

13	記得	记得	jìdé	Vst	to remember

▶ 例：明天記得帶第二本書來，別忘了！
Míngtiān jìdé dài dì èr běn shū lái, bié wàng le!

14	小吃	小吃	xiǎochī	N	snack

▶ 例：台灣夜市有名的小吃很多，比如說臭豆腐 *¹ 跟雞排 *²。
　　Táiwān yèshì yǒumíng de xiǎochī hěnduō, bǐrúshuō chòu dòufǔ gēn jī pái.
　　*¹ 臭豆腐（chòu dòufǔ）：stinky Tofu
　　*² 雞排（jī pái）：chicken cutlet

15	生活	生活	shēnghuó	N	life / daily life

▶ 例：老師說他很想念學生生活，念書是一件快樂的事。
　　Lǎoshī shuō tā hěn xiǎngniàn xuéshēng shēnghuó, niànshū shì yí jiàn kuàilè de shì.

16	直	直	zhí	Vs	vertical

▶ 例：中文本來是從上往下、從右往左直寫的。
　　Zhōngwén běnlái shì cóng shàng wǎng xià, cóng yòu wǎng zuǒ zhí xiě de.

17	橫	橫	héng	Vs	horizontal

▶ 例：你剛剛給我照的相是直的，可以再照一張橫的嗎？
　　Nǐ gānggāng gěi wǒ zhào de xiàng shì zhí de, kěyǐ zài zhào yì zhāng héng de ma?

18	啟	启	qǐ	V	to open

▶ 例：在信封上寫「啟」的意思，就是請他把信打開。
　　Zài xìnfēng shàng xiě "qǐ" de yìsi, jiùshì qǐng tā bǎ xìn dǎkāi.

19	緘	缄	jiān	V	to seal

▶ 例：在信封上寫「緘」的意思，就是寄信人把信封上了。
　　Zài xìnfēng shàng xiě "jiān" de yìsi, jiùshì jì xìn rén bǎ xìn fēng shàng le.

20	女士	女士	nǚshì	N	Ms. / madam / lady

▶ 例：有人說男人應該讓女人，因為「女士優先 *」。
　　Yǒurén shuō nánrén yīnggāi ràng nǚrén, yīnwèi "Nǚshì yōuxiān".
　　* 優先（yōuxiān）：first / priority

句　型

句型 (正體)	句型 (簡體)	漢語拼音	英文解釋
等……再……	等……再……	děng…zài…	after… then…

例：我們打算等考完試再去旅行。
　　Wǒmen dǎsuàn děng kǎo wán shì zài qù lǚxíng.

例：這支新手機太貴，我得等它便宜一點了再買。
　　Zhè zhī xīn shǒujī tài guì, wǒ děi děng tā piányí yìdiǎn le zài mǎi.

練習一：對不起，我現在沒空跟你聊天，＿＿＿＿＿＿＿＿＿＿＿。

練習二：A：你什麼時候搬家？
　　　　B：＿＿＿＿＿＿＿＿＿＿＿＿＿＿＿＿＿＿＿。

			rising intonations to remind the other party to be attentive
喔	喔	o	

例：明天要考試喔！你念書了沒有？
　　Míngtiān yào kǎoshì ō! Nǐ niànshū le méiyǒu?

例：學生餐廳的人多得不得了，要早一點去找位子喔！
　　Xuéshēng cāntīng de rén duō de bùdéliǎo, yào zǎo yìdiǎn qù zhǎo wèizi o!

練習一：聽說明天很冷，＿＿＿＿＿＿＿＿＿＿＿＿＿＿！

練習二：A：我去一下洗手間，馬上就回來，請等我一下。
　　　　B：＿＿＿＿＿＿＿＿＿＿＿＿＿＿＿＿＿。

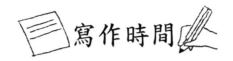

寫作時間

小任務

請你給家人寫一張明信片，告訴他們你在台灣的生活。

● 裡面要有兩件事：1. 你在台灣的生活怎麼樣？
　　　　　　　　　　2. 有什麼特別的話想跟他說？

● 請不要超過 120 字。

你要找工作，請你寫封信給老闆，要有直的跟橫的兩種。

小叮嚀

1. 現在的人比較常在旅行的時候寫明信片寄給家人、朋友或是自己，所以比較常看到的都是風景明信片，別的比較少用了。
2. 在台灣跟中國的郵局，每年都賣新年明信片，有的人會買來寄給別人，有的就自己留著做紀念（jìniàn: memento）。
3. 郵遞區號在中國叫「郵政編碼」（邮政编码：yóuzhèng biānmǎ）。
4. 在台灣有直式明信片，寫收件人跟寄件人訊息的時候，都要由上往下寫。

掃我有更多內容哦！

第四課

寫書信和電子郵件

第一部分　書信

動動腦

1 什麼是書信？

- 「書信」就是常說的「信」。在不方便面對面說話的時候，可以寫信跟別人說自己的想法、談事情什麼的。
- 寫信跟說話一樣，要客氣、有禮貌，注意是給誰寫的，用的字會不一樣。
- 書：寫字。
- 信：信息。

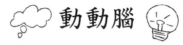

- 為什麼要寫信？

  □ 說事情

  □ 說心情

  □ 可以留下來

  □ 可以慢慢想、慢慢寫

  □ ＿＿＿＿＿＿＿＿

  □ ＿＿＿＿＿＿＿＿

- 什麼時候可以用？

  □ 很忙

  □ 趕時間

  □ 有話要慢慢說

  □ 有大事要通知

  □ ＿＿＿＿＿＿＿＿

  □ ＿＿＿＿＿＿＿＿

- 可以在信裡面做什麼？

  □ 寫字

  □ 畫圖

  □ 跳舞

  □ 唱歌

  □ 運動

- 哪些事可以寫信給別人？

  □ 感謝、祝福

  □ 請他參加活動

  □ 找工作

  □ ＿＿＿＿＿＿＿＿

  □ ＿＿＿＿＿＿＿＿

- 書信是很正式的嗎？

  □ 是

  □ 不是

可以寫給誰？

- 誰都可以，可是要小心，不同輩的或是關係不一樣的人，要用不一樣的話來寫。

- 為什麼？

　　□　要有禮貌

　　□　寫信也是說話

　　□　_____

　　□　_____

3 **應該寫什麼？**

 ・寫給誰？

 ・問好的話。

 ・要告訴他什麼事？

 ・還有什麼重要的事？

 ・祝福的話。

 ・你是誰？

 ・什麼時候寫的？

動動手

一、給朋友寫一封信：請寫 120 個字左右。

> 收信人姓名
>
> 問候的話
>
> 要告訴他的話
>
> 祝福的話
>
> 你的姓名
>
> 日期

想一想 告訴朋友你最近過得怎麼樣。

- 你想寫給哪位朋友？
  _____

- 怎麼跟他問好？
  _____

- 要告訴他什麼事？
  _____

- 還有什麼重要的事？
  _____

- 什麼時候寫的？
  _____

- 你是誰？
  _____

- 你想祝福他什麼？
  _____

怎麼寫

範例一

小美：

　　時間過得好快，你到台南去念書，已經去了三個多月了，喜歡那裡的生活嗎？

　　我除了上課，還在學校外面打工，老闆對我很好，也很照顧我。我也參加了社團，認識了很多新朋友，我覺得大學的生活很有意思。有空來台北玩喔！我帶你看看我們學校。

　　你最近過得怎麼樣？趕快給我回信說說你的事吧！

　　祝

生活愉快

友

安安　上

2020 年 2 月 2 日

範例一拼音：

Xiǎoměi:

　　Shíjiān guò de hǎo kuài, nǐ dào Táinán qù niànshū, yǐjīng qù le sān ge duō yuè le, xǐhuān nàlǐ de shēnghuó ma?

　　Wǒ chúle shàngkè, hái zài xuéxiào wàimiàn dǎgōng, lǎobǎn duì wǒ hěn hǎo, yě hěn zhàogù wǒ. Wǒ yě cānjiā le shètuán, rènshì le hěnduō xīn péngyǒu, wǒ juéde dàxué de shēnghuó hěn yǒu yìsi. Yǒukòng lái Táiběi wán ō! Wǒ dài nǐ kànkan wǒmen xuéxiào.

　　Nǐ zuìjìn guò de zěnmeyàng? Gǎnkuài gěi wǒ huíxìn shuōshuō nǐ de shì ba!

　　Zhù

Shēnghuó yúkuài

Yǒu

Ān'ān shàng

Èr líng èr líng nián èr yuè èr rì

● 請從上面的範例，找出下面每個問題的部分：

   A. 寫給誰？＿＿＿＿＿＿＿＿＿＿＿＿＿＿＿

   B. 怎麼跟朋友問好？＿＿＿＿＿＿＿＿＿＿＿

   C. 因為什麼事，所以要寫？＿＿＿＿＿＿＿＿

   D. 你給朋友什麼祝福？＿＿＿＿＿＿＿＿＿

   E. 你是誰？＿＿＿＿＿＿＿＿＿＿＿＿＿＿＿

   F. 是什麼時候寫的？＿＿＿＿＿＿＿＿＿＿＿

二、給老師寫一封信：請寫 120 個字左右。

想一想　告訴老師你要請假。

● 你想寫給哪位老師？

＿＿＿＿＿＿＿＿＿＿

● 你要跟老師說什麼？

＿＿＿＿＿＿＿＿＿＿

＿＿＿＿＿＿＿＿＿＿

＿＿＿＿＿＿＿＿＿＿

● 你是誰？

＿＿＿＿＿＿＿＿＿

● 什麼時候寫的？

＿＿＿＿＿＿＿＿＿

怎麼寫 ▶

範例二

陳老師，您好：

　　下星期三我的爸爸、媽媽要來台灣看我，我們好久沒見面了，我一定要去機場接他們，所以不能去上課。

　　老師，對不起，我會問同學您教了什麼，還有要交什麼作業，也會自己把那天的課準備好，希望老師可以讓我請一天假，謝謝老師。

　　敬祝

教安

　　　　　　　　　　　　　　　　　　學生

　　　　　　　　　　　　　　　　　安安　敬上

　　　　　　　　　　　　　　　　　2020 年 2 月 2 日

範例二拼音：

Chén lǎoshī, nín hǎo:

　　Xià xīngqí sān wǒ de bàba, māma yào lái Táiwān kàn wǒ, wǒmen hǎojiǔ méi jiànmiàn le, wǒ yídìng yào qù jīchǎng jiē tāmen, suǒyǐ bùnéng qù shàngkè.

　　Lǎoshī, duìbùqǐ, wǒ huì wèn tóngxué nín jiāo le shénme, hái yǒu yào jiāo shénme zuòyè, yě huì zìjǐ bǎ nà tiān de kè zhǔnbèi hǎo, xīwàng lǎoshī kěyǐ ràng wǒ qǐng yì tiān jià, xièxie lǎoshī.

　　Jìng zhù
Jiào ān

　　　　　　　　　　　　　　Xuéshēng

　　　　　　　　　　　　　　　Ān'ān jìngshàng

　　　　　　　　　　　　　　　Èr líng èr líng nián èr yuè èr rì

● **請從上面的範例，找出下面每個問題的部分：**

　　A. 寫給誰？＿＿＿＿＿＿＿＿＿＿＿＿＿＿＿＿＿＿＿

　　B. 怎麼跟老師問好？＿＿＿＿＿＿＿＿＿＿＿＿＿＿＿

　　C. 因為什麼事，所以要寫？＿＿＿＿＿＿＿＿＿＿＿＿

　　D. 你給老師什麼祝福？＿＿＿＿＿＿＿＿＿＿＿＿＿＿

　　E. 你是誰？＿＿＿＿＿＿＿＿＿＿＿＿＿＿＿＿＿＿＿

　　F. 是什麼時候寫的？＿＿＿＿＿＿＿＿＿＿＿＿＿＿＿

第二部分　電子郵件

動動腦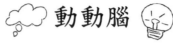

1　什麼是電子郵件？

- 「電子郵件」英文是 email，簡單地說就是「電郵」。是通過網路，用電腦、手機寄出或是收到的信。
- 電子：通過網路。

  郵件：信。

- **什麼時候可以用？**

  ☐ 沒有他的 email
  ☐ 不知道他在哪裡
  ☐ 有急事想要他快點知道
  ☐ 想要快點知道他會怎麼說
  ☐ 有不想在他前面跟他說的事
  ☐ 可以寄照片、音樂什麼的
  ☐ ＿＿＿＿＿＿＿＿＿＿＿＿
  ☐ ＿＿＿＿＿＿＿＿＿＿＿＿

- **可以在電子郵件裡做什麼？**

  ☐ 打字
  ☐ 貼圖（tiētú: emoticon / sticker）
  ☐ ＿＿＿＿＿＿＿＿＿＿＿＿
  ☐ ＿＿＿＿＿＿＿＿＿＿＿＿

2　可以寫給誰？

- **可以寫給誰？**

  ☐ 家人　　☐ 朋友　　☐ 老師　　☐ ＿＿＿＿＿＿

③ 應該寫什麼？

■ ·寫給誰？

收件者：　他的 email。

副　本：　如果有，請寫上他的 email。

·還有別人需要知道這件事嗎？

密　件：　如果有，請寫上他的 email。

·有不想讓別人知道他知道的人嗎？

■ ·為什麼事寫信？

主旨：　用簡單的話說因為什麼事寫信給他。

■ ·你要跟他說什麼？你是誰？

寫在空白的地方。

■ ·還有什麼要給他看、給他聽的？

附加檔案 / 附件：照片、 影片、 音樂……

■ ·怎麼寄出去？ 傳送

動動手

一、寫一封正式的電子郵件：不超過 120 個字。

想一想 你想問學校，你通過面試了嗎？

- 你想寫給誰？
  _____

- 你是誰？
  _____

- 你要跟他說什麼？
  _____
  _____
  _____

怎麼寫

範例三

收件者	abcde@mail.naer.edu.tw
主 旨	請問第一大學面試結果

第一大學您好：

　　我是上週到　貴校面試的學生，我叫王小美，感謝您們給我面試的機會。

　　請問什麼時候可以知道面試的結果？麻煩您找時間回我的信，謝謝。

　　敬祝

教安

　　　　　　　　　　　　　　　　　　面試學生

　　　　　　　　　　　　　　　　　　　王小美敬上

範例三拼音：

Shōu jiàn zhě：abcde@mail.naer.edu.tw
Zhǔzhǐ: Qǐngwèn Dìyī dàxué miànshì jiéguǒ
Dìyī dàxué nín hǎo:

　　Wǒ shì shàngzhōu dào　guìxiào miànshì de xuéshēng, wǒ jiào Wáng Xiǎoměi, gǎnxiè nínmen gěi wǒ miànshì de jīhuì.

　　Qǐngwèn shénme shíhòu kěyǐ zhīdào miànshì de jiéguǒ? Máfán nín zhǎo shíjiān huí wǒ de xìn, xièxie.

　　　　Jìng zhù
Jiào ān

　　　　　　　　　　Miànshì xuéshēng
　　　　　　　　　　　　Wáng Xiǎoměi jìngshàng

● 請從上面的範例，找出下面每個問題的部分：

　　A. 寫給誰？＿＿＿＿＿＿＿＿＿＿＿＿＿＿＿＿＿＿＿＿

　　B. 因為什麼事，所以要寫？＿＿＿＿＿＿＿＿＿＿＿＿

　　C. 你是誰？＿＿＿＿＿＿＿＿＿＿＿＿＿＿＿＿＿＿＿＿

二、寫一封給朋友的電子郵件：：不超過 120 個字。

想一想　　你想跟朋友一起去別的國家旅行。

● 你想寫給哪位朋友？
＿＿＿＿＿＿＿＿＿

● 你是誰？
＿＿＿＿＿＿＿＿＿

● 你想跟他說什麼？
＿＿＿＿＿＿＿＿＿＿＿＿＿＿
＿＿＿＿＿＿＿＿＿＿＿＿＿＿
＿＿＿＿＿＿＿＿＿＿＿＿＿＿
＿＿＿＿＿＿＿＿＿＿＿＿＿＿

怎麼寫

範例四

| 收件者 | anan123456@mail.naer.edu.tw |
| 主旨 | 要不要一起去日本? |

安安:

　　你考完試了嗎?我要跟你說,下個月放假,我想去日本,可是我不喜歡一個人去旅行,所以想問你有沒有興趣?去日本玩一個禮拜很貴,我打算去好幾個大城市,機票跟旅館一共要七萬塊,請你想一想,最慢這個星期六告訴我,好嗎?謝謝。

小美

範例四拼音:

Shōujiàn zhě : anan123456@mail.naer.edu.tw

Zhǔzhǐ: Yào búyào yìqǐ qù Rìběn

Ān'ān:

　　Nǐ kǎo wán shì le ma? Wǒ yào gēn nǐ shuō, xià ge yuè fàngjià, wǒ xiǎng qù Rìběn, kěshì wǒ bù xǐhuān yí ge rén qù lǚxíng, suǒyǐ xiǎng wèn nǐ yǒu méiyǒu xìngqù? Qù Rìběn wán yí ge lǐbài hěn guì, wǒ dǎsuàn qù hǎojǐ ge dà chéngshì, jīpiào gēn lǚguǎn yígòng yào qī wàn kuài, qǐng nǐ xiǎng yì xiǎng, zuì màn zhè ge xīngqí liù gàosù wǒ, hǎo ma? Xièxie.

Xiǎoměi

- 請從上面的範例,找出下面每個問題的部分:

　　A. 寫給誰?_____

　　B. 因為什麼事,所以要寫?_____

　　C. 你是誰?_____

生詞

	生詞（正體）	生詞（簡體）	漢語拼音	詞性	英文解釋
1	打工	打工	dǎgōng	Vp-sep	to work a temporary or casual job / (of students) to have a job outside of class time, or during vacation

▶ 例：外國學生可以在台灣打工嗎？
　　Wàiguó xuéshēng kěyǐ zài Táiwān dǎgōng ma?

2	老闆／板	老板	lǎobǎn	N	boss / business proprietor

▶ 例：他開了一家手機店，自己做老闆。
　　Tā kāi le yì jiā shǒujī diàn, zìjǐ zuò lǎobǎn.

3	照顧	照顾	zhàogù	V	to take care of / to look after

▶ 例：孩子長大了，要學會自己照顧自己。
　　Háizi zhǎngdà le, yào xuéhuì zìjǐ zhàogù zìjǐ.

4	參加	參加	cānjiā	V	to participate / to take part / to join

▶ 例：你參加不參加明天學校的運動會？
　　Nǐ cānjiā bù cānjiā míngtiān xuéxiào de yùndòng huì?

5	社團	社团	shètuán	N	union / club

▶ 例：這學期我參加了三個跟中文有關係的社團，想多練習聽跟說。
　　Zhè xuéqí wǒ cānjiā le sān ge gēn Zhōngwén yǒu guānxi de shètuán, xiǎng duō liànxí tīng gēn shuō.

| 6 | 趕快 | 赶快 | gǎnkuài | Adv | quickly / at once / immediately |

▶ 例：要是有了考試的消息，請趕快告訴我。
　　Yàoshì yǒu le kǎoshì de xiāoxí, qǐng gǎnkuài gàosù wǒ.

| 7 | 愉快 | 愉快 | yúkuài | Vs | pleasant / delighted |

▶ 例：昨天我跟好久不見的朋友聊天聊得很愉快。
　　Zuótiān wǒ gēn hǎojiǔbújiàn de péngyǒu liáotiān liáo de hěn yúkuài.

| 8 | 交 | 交 | jiāo | V | to hand over / to deliver |

▶ 例：請你替我把這份報告交到辦公室去。
　　Qǐng nǐ tì wǒ bǎ zhè fèn bàogào jiāo dào bàngōngshì qù.

| 9 | 請假 | 请假 | qǐngjià | Vp-sep | to request for leave / to take leave |

▶ 例：A：對不起，我想請三天假，可以嗎？
　　　B：你為什麼要請假？
　　　A：Duìbùqǐ, wǒ xiǎng qǐng sān tiān jià, kěyǐ ma?
　　　B：Nǐ wèishénme yào qǐngjià?

| 10 | 收件者 | 收件者 | shōu jiàn zhě | N | recipient |

▶ 例：收件者跟收件人一樣，都是這封信是要寄給誰的意思。
　　Shōu jiàn zhě gēn shōu jiàn rén yíyàng, dōu shì zhè fēng xìn shì yào jì gěi shéi de yìsi.

| 11 | 副本 | 副本 | fùběn | N | CC (Carbon Copy) |

▶ 例：下午要寄給老闆的信，請記得寄副本給我。
　　Xiàwǔ yào jì gěi lǎobǎn de xìn, qǐng jìdé jì fùběn gěi wǒ.

| 12 | 密件 | 密件 | mìjiàn | N | confidential documents |

▶ 例：這份報告是公司的密件，我怎麼會收到密件副本 * 呢？
　　Zhè fèn bàogào shì gōngsī de mìjiàn, wǒ zěnme huì shōu dào mìjiàn fùběn ne?
　　* 密件副本：BCC (Blind Carbon Copy)

| 13 | 主旨 | 主旨 | zhǔzhǐ | N | subject |

▶ 例：這封郵件沒有主旨，一定要打開看才知道有什麼事。
　　Zhè fēng yóujiàn méiyǒu zhǔzhǐ, yídìng yào dǎkāi kàn cái zhīdào yǒu shénme shì.

| 14 | 空白 | 空白 | kòngbái | Vs | blank space |

▶ 例：請把你的名字跟電話寫在空白的地方。
　　Qǐng bǎ nǐ de míngzi gēn diànhuà xiě zài kòngbái de dìfāng.

| 15 | 附加 | 附加 | fùjiā | Vs | additional |

▶ 例：這本作業本不要錢，是買課本附加的。
　　Zhè běn zuòyè běn búyào qián, shì mǎi kèběn fùjiā de.

| 16 | 檔案 | 档案 | dǎng'àn/dàng'àn | N | file |

▶ 例：請把今天的功課放在附加檔案 * 裡寄給老師。
　　Qǐng bǎ jīntiān de gōngkè fàng zài fùjiā dǎng'àn lǐ jì gěi lǎoshī.
　　* 附加檔案／附件：attachment

| 17 | 傳送 | 传送 | chuánsòng | V | to convey / to deliver |

▶ 例：用電子郵件或是簡訊傳送消息是最快的辦法嗎？
　　Yòng diànzǐ yóujiàn huòshì jiǎnxùn chuánsòng xiāoxí shì zuì kuài de bànfǎ ma?

18	面試	面试	miànshì	V/N	to interview / interview

▶ 例：現在有很多公司都用網路面試，不用出門也能參加面試。
Xiànzài yǒu hěnduō gōngsī dōu yòng wǎnglù miànshì, búyòng chūmén yě néng cānjiā miànshì.

19	機會	机会	jīhuì	N	opportunity

▶ 例：來台灣學中文會有很多練習的機會。
Lái Táiwān xué Zhōngwén huì yǒu hěnduō liànxí de jīhuì.

20	結果	结果	jiéguǒ	N	result

▶ 例：我在等筆試的結果出來，才知道可不可以考口試。
Wǒ zài děng bǐshì de jiéguǒ chūlái, cái zhīdào kě bù kěyǐ kǎo kǒushì.

21	興趣	兴趣	xìngqù	N	interest

▶ 例：我對唱歌很有興趣，可是對跳舞沒興趣。
Wǒ duì chànggē hěn yǒu xìngqù, kěshì duì tiàowǔ méi xìngqù.

句型

句型 (正體)	句型 (簡體)	漢語拼音	英文解釋
除了…… 還……	除了…… 还……	chúle…hái…	not only is there ... , there is also ... / other than this, there is also...

▌例：夏天除了西瓜，我還愛吃芒果。
　　Xiàtiān chúle xīguā, wǒ hái ài chī mángguǒ.

▌例：你除了會說中文，還會說什麼語言？
　　Nǐ chúle huì shuō Zhōngwén, hái huì shuō shénme yǔyán?

練習一：除了＿＿＿＿＿＿＿＿＿，我還想買＿＿＿＿＿＿。

練習二：A：你家只有你會做飯嗎？
　　　　B：＿＿＿＿＿＿＿＿＿＿＿＿＿。

對……	对……	duì…	towards / to treat

▌例：台灣人對外國人都很客氣嗎？
　　Táiwān rén duì wàiguó rén dōu hěn kèqì ma?

▌例：運動對身體很好。
　　Yùndòng duì shēntǐ hěn hǎo.

練習一：我要多看中文電視，＿＿＿＿＿＿＿＿＿！

練習二：A：你怎麼忽然搬家了？
　　　　B：＿＿＿＿＿＿＿＿＿＿＿＿＿。

還有……	还有……	háiyǒu…	furthermore…

■ 例：我有兩個哥哥，還有一個妹妹。
　　Wǒ yǒu liǎng ge gēge, háiyǒu yí ge mèimei.

■ 例：多吃青菜，還有少喝酒，比較健康。
　　Duō chī qīngcài, hái yǒu shǎo hējiǔ, bǐjiào jiànkāng.

練習一：我喜歡玩手機，＿＿＿＿＿＿＿＿＿＿＿＿。

練習二：A：請問你們國家哪裡好玩？
　　　　B：＿＿＿＿＿＿＿＿＿＿＿＿＿＿。

讓	让	ràng	to permit / to allow / to let

■ 例：媽媽說我上了大學，才讓我去打工。
　　Māma shuō wǒ shàng le dàxué, cái ràng wǒ qù dǎgōng.

■ 例：下雨了，老師不讓我騎腳踏車回家，叫我去坐公車。
　　Xiàyǔ le, lǎoshī búràng wǒ qí jiǎotàchē huíjiā, jiào wǒ qù zuò gōngchē.

練習一：要是你把功課寫完，＿＿＿＿＿＿＿＿＿＿！

練習二：A：昨天晚上的舞會，你怎麼沒來參加？
　　　　B：＿＿＿＿＿＿＿＿＿＿＿＿＿＿。

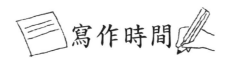

寫作時間

小任務 ▶

你是大學一年級的新生，請寫一封電子郵件給學校問問題。

● 裡面要有三件事：1. 開學的時間。
　　　　　　　　　2. 宿舍的事。
　　　　　　　　　3. 參加社團。

● 請不要超過 120 字。

收件者	
主旨	

請寫一封信給朋友恭喜他。

● 裡面要有三件事：1. 為什麼要恭喜他？

　　　　　　　　2. 聽到這個消息以後，你覺得怎麼樣？

　　　　　　　　3. 希望怎麼跟他一起慶祝？

● 請不要超過 120 字。

小叮嚀

1. 雖然電子郵件很方便，可是它也是書信，寫的時候，還是要注意格式（géshi:format）。

2. 現在的人寫電子郵件，常常沒有在信裡寫收件人跟寄件人的名字，這是很不正式、沒有禮貌的。

3. 就像「您貴姓」一樣，很客氣地跟別人說你或是你們⋯⋯的時候，用「貴⋯⋯」最有禮貌。比如說：貴校、貴公司、貴國。在寫作的時候，在「貴」的前面空一格，意思是非常尊敬（zūnjìng: respect）他。

掃我有更多內容哦！

第五課

寫表單

第一部分　在銀行或郵局

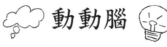

動動腦

1 表單有什麼用？

- 在銀行或郵局，辦錢的事，需要清楚地寫下來，才不會弄錯。
- 在台灣的銀行或郵局有哪些常見的表單？

  ☐ 存款單　　☐ 提款單　　☐ 匯款單　　☐ 劃撥單

  ☐ 點名單　　☐ 菜單

- **存款單是什麼？**

  > 存：寄放。
  > 款：錢。
  > 單：單子，記著重要事情的紙。

  - 要存款以前，必須先開一個帳戶，有自己的存摺才能存錢。
    ☐ 在銀行或郵局存錢用的表單
    ☐ 要自己用手寫
    ☐ 可以隨便寫
    ☐ 寫錯沒關係，還可以用
    ☐ 寫錯一定要再寫一張，不可以改一改再用

- **提款單是什麼？**

  > 提：把錢或東西拿出來。
  > 款：錢。
  > 單：單子，記著重要事情的紙。

    ☐ 在銀行或郵局拿錢用的表單
    ☐ 要自己用手寫
    ☐ 可以隨便寫
    ☐ 寫錯沒關係，還可以用
    ☐ 寫錯一定要再寫一張，不可以改一改再用

- **匯款單是什麼？**

  > 匯：在 A 地付錢，B 地拿錢。
  > 款：錢。
  > 單：單子，記著重要事情的紙。

  - 匯款以前，必須知道收款人的存摺帳號訊息。
  - 用郵局匯款，匯款人需要寫上自己的姓名、地址、電話跟身分證號碼，銀行常常不用。

    ☐ 在郵局或銀行寫好匯款單，就可以把錢寄到別人的帳戶裡
    ☐ 要自己用手寫
    ☐ 可以隨便寫
    ☐ 寫錯沒關係，還可以用
    ☐ 寫錯一定要再寫一張，不可以改一改再用

● 劃撥單是什麼？

> 劃：分開。
> 撥：拿出一部分給別人。
> 單：單子，記著重要事情的紙。

· 劃撥以前，必須知道收款人的存摺帳號訊息。
· 寄款人需要寫上自己的姓名、地址跟電話。
· 為什麼要寄錢給他，可以寫在「通訊欄」上，
　讓他知道。
　☐ 在台灣，是郵局一種特別的寄錢辦法
　☐ 要自己用手寫
　☐ 可以隨便寫
　☐ 寫錯沒關係，還可以用
　☐ 寫錯一定要再寫一張，不可以改一改再用

● 這些表單都是很
　正式的嗎？
　☐ 是
　☐ 不是

② 爲什麼要用？

● 為什麼要用？
　☐ 怕帶著很多錢被壞人看到會有麻煩
　☐ 自己需要用錢
　☐ 可以很安全地把錢給別人
　☐ 要把錢給別人，但別人在離我很遠的
　　地方
　☐ _____
　☐ _____

③ 什麼時候用？

- 什麼時候用？

  - ☐ 要存錢的時候
  - ☐ 要用錢的時候
  - ☐ _____

  - ☐ 要很安全地把錢給別人的時候
  - ☐ 要買東西，把錢給老闆的時候
  - ☐ _____

④ 存摺上面有什麼重要的訊息？

- 郵局或銀行代號：郵局跟每一家銀行都有一個號碼，用數字讓電腦知道這筆錢要寄到郵局還是哪家銀行去。比如說，郵局的代號是 700。

- 存摺帳號：在台灣，存摺帳號最多有 14 個號碼，有兩個部分。

  A. 局號：是哪家郵局或銀行的號碼。

  B. 帳號：每個存款人自己的號碼。

- 戶名：這本存摺是誰的，可以是一個人，也可以是學校、公司什麼的。

- 立帳郵局或分行名稱：開帳戶的郵局或銀行的名字。

有了存摺上面這些重要的訊息，我們才可以用這些表單存錢、拿錢或寄錢。

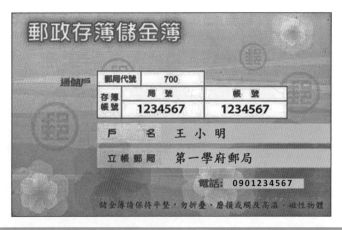

在表單上寫多少錢的時候，怎麼寫？

- 寫上 1、2、3、4……，沒有寫字的地方要畫上一條線，才不會被別人亂寫上別的數字。
- 有的銀行表單跟平常寫的 1、2、3、4……不一樣。為什麼？

　　□ 怕有錯
　　□ 怕被改寫
　　□ 怕寫得不清楚
　　□ 怕字寫得太小
　　□ 怕字寫得不好看

> - 那麼可以用一、二、三、四……嗎？為什麼？
>   □ 可以，比 1、2、3、4……難
>   □ 不可以，還是很容易被改寫

1 2 3 4 5　　　　　　　一　二　三　四　五

- 要是都不行，那麼應該用哪種字呢？

　A．用「國字大寫」。

小寫	零	一	二	三	四	五	六
大寫	零	壹	貳	參	肆	伍	陸
小寫	七	八	九	十	百	千	萬
大寫	柒	捌	玖	拾	佰	仟	萬

　B．最後加上「整（zhěng: to complete）」，意思就是後面沒有字了。

動動手

一、寫一張存款單：請給自己存一筆錢。

想一想

- 錢要存在誰那裡？ _____
- 存摺帳號是多少？ _____
- 是哪一天要存款？ _____
- 要存多少錢？ _____

怎麼寫

圖1：取自中華郵政全球資訊網南投郵局網頁

範例一

```
98-04-40-05E      郵政存簿儲金   新立戶     存款單
                            一般存款
                            轉帳存款
```

郵局代號	局 號	檢號	帳 號	檢號	日 期
700	040100	5	012345	6	103年12月31日

戶 名	王 小 明	存款金額	仟萬	佰萬	拾萬	萬	仟	佰	拾	元
		新臺幣(小寫)				6	7	8	9	0

儲匯壽險專用章

主管：_____

※填單說明：1.一般存款時，請將本單隨儲金簿一併交郵局辦理（儲金簿於辦畢後退還）。
2.存款金額欄請在空格劃橫線 例：新臺幣□□□50000

```
驗
證
欄
```

交易代號：1301 新立戶 1501 現金存款 1524 轉帳存款 524,000來(100張)101.10.190x105mm 80g/m²模(千义)保管年限五年

- 請從上面的範例，找出下面每個問題的部分：

  A. 錢要存在誰那裡？_____
  B. 存摺帳號是多少？_____
  C. 是哪一天要存款？_____
  D. 要存多少錢？_____

二、寫一張提款單：請從自己的存摺裡拿一筆錢出來，要用數字和國字大寫寫表單。

想一想

- 錢存在誰那裡？ ____________
- 存摺帳號是多少？ ____________
- 是哪一天要提款？ ____________
- 要提多少錢？ ____________

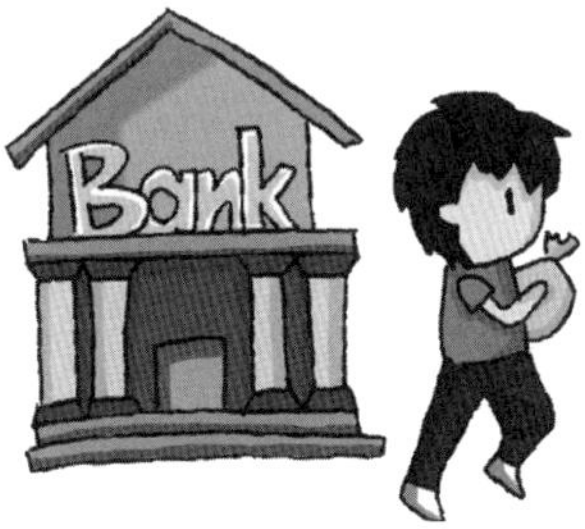

怎麼寫

圖 2：取自中華郵政全球資訊網南投郵局網頁

範例二

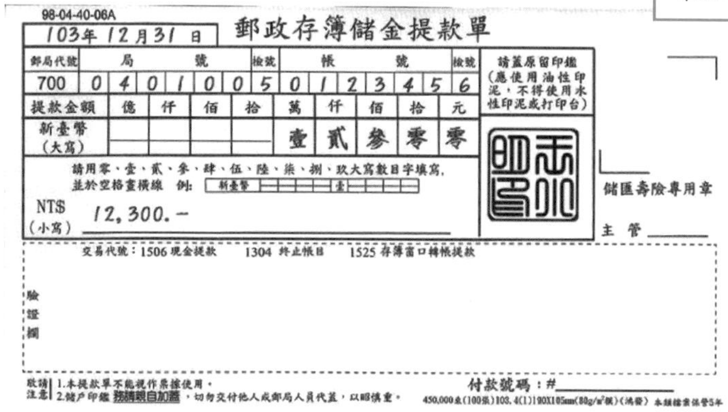

98-04-40-06A

103年 12月31 日　郵政存簿儲金提款單

郵局代號	局						號	檢號	帳					號	檢號	請蓋原留印鑑（應使用油性印泥，不得使用水性印泥或打印台）
700	0	4	0	1	0	0		5	0	1	2	3	4	5	6	

提款金額	億	仟	佰	拾	萬	仟	佰	拾	元
新臺幣（大寫）					壹	貳	參	零	零

請用零、壹、貳、參、肆、伍、陸、柒、捌、玖大寫數目字填寫，並於空格畫橫線　例：新臺幣 ─ ─ ─ ─ 壹 ─ ─ ─ ─

NT$（小寫） 12,300.－

儲匯壽險專用章

主　管 ______

交易代號：1506 現金提款　1304 終止帳目　1525 存簿當口轉帳提款

驗證欄

敬請注意　1.本提款單不能視作票據使用。
2.儲戶印鑑務請親自加蓋，切勿交付他人或郵局人員代蓋，以昭慎重。

付款號碼：# ____________

450,000本(100張)103.4(1)190X105mm(80g/m²模)（鴻發）本類檔案保管5年

- 請從上面的範例，找出下面每個問題的部分：

A. 錢存在誰那裡？ ____________

B. 存摺帳號是多少？ ____________

C. 是哪一天要提款？ ____________

D. 要提多少錢？ ____________

三、寫一張匯款單：請匯一筆錢給跟你借錢的朋友。

想一想

● 你要把錢給誰？	● 他的存摺帳號是多少？	● 是哪一天要匯款？	● 要給他多少錢？

● 你是誰？	● 你的地址在哪裡？

● 你的電話幾號？	● 你的居留證或護照號碼是幾號？

怎麼寫

圖3：取自中華郵政全球資訊網南投郵局網頁

範例三

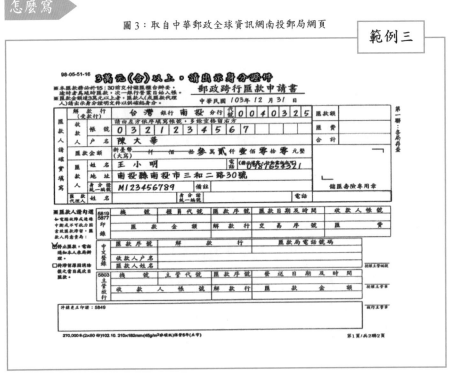

● 請從上面的範例，找出下面每個問題的部分：

A. 誰要給誰寄錢？＿＿＿＿＿＿＿＿＿＿＿＿＿＿＿＿＿＿＿＿

B. 錢要寄到哪家銀行去？＿＿＿＿＿＿＿＿＿＿＿＿＿＿＿＿＿

C. 收款人的存摺帳號是多少？＿＿＿＿＿＿＿＿＿＿＿＿＿＿＿

D. 是哪一天要寄錢？＿＿＿＿＿＿＿＿＿＿＿＿＿＿＿＿＿＿＿

E. 要寄多少錢？＿＿＿＿＿＿＿＿＿＿＿＿＿＿＿＿＿＿＿＿＿

F. 寄款人住在哪裡？＿＿＿＿＿＿＿＿＿＿＿＿＿＿＿＿＿＿＿

G. 寄款人的電話幾號？＿＿＿＿＿＿＿＿＿＿＿＿＿＿＿＿＿＿

H. 寄款人的身分證號碼是幾號？＿＿＿＿＿＿＿＿＿＿＿＿＿＿

四、寫一張劃撥單：請給書店劃撥一筆錢買書。

想一想

● 你要把錢給誰？	● 他的存摺帳號是多少？	● 要給他多少錢？	● 你是誰？
＿＿＿＿＿	＿＿＿＿＿	＿＿＿＿＿	＿＿＿＿＿

● 你的地址在哪裡？

＿＿＿＿＿＿＿＿＿＿＿＿＿＿＿＿＿＿＿＿＿＿＿＿＿＿

● 你的電話幾號？

＿＿＿＿＿＿＿＿＿＿＿＿＿＿＿＿＿＿

● 你要買哪一本書？

＿＿＿＿＿＿＿＿＿＿＿＿＿＿＿＿＿＿

怎麼寫

圖4：取自中華郵政全球資訊網南投郵局網頁，並改寫通訊欄及虛線處

範例四

```
98-04-43-04    郵 政 劃 撥 儲 金 存 款 單
收款帳號  5 6 7 8 9 8 7 6   金額(阿拉伯數字)  億 仟萬 佰萬 拾萬 萬 仟 佰 拾 元
                                                        1 2 3 0 0
通訊欄（限與本次存款有關事項）   收款戶名   陳大華
買「華語寫作一學        寄款人  ☑他人存款  □本戶存款
就上手」三本。          姓名   王小明
                      地址與電話   540-57   南投縣南投市   三和二路30號   0492220162
                      申請人請於撥寫「郵政劃撥儲金個人資料蒐集告知事項」內容後，填妥本單認定部局辦理
                      經辦局收款章戳
                      主管：
虛線內備供機器印給用請勿填寫
```

```
寄款人請注意背面說明
本收據由電腦印錄請勿填寫
郵政劃撥儲金存款收據

收款帳號戶名

存款金額

電腦記錄

經辦局收款章戳
```

● 請從上面的範例，找出下面每個問題的部分：

　　A. 誰要給誰寄錢？＿＿＿＿＿＿＿＿＿＿＿＿＿＿＿＿＿＿＿＿

　　B. 收款人的存摺帳號是多少？＿＿＿＿＿＿＿＿＿＿＿＿＿＿＿

　　C. 要寄多少錢？＿＿＿＿＿＿＿＿＿＿＿＿＿＿＿＿＿＿＿＿＿

　　D. 寄款人住在哪裡？＿＿＿＿＿＿＿＿＿＿＿＿＿＿＿＿＿＿＿

　　E. 寄款人的電話幾號？＿＿＿＿＿＿＿＿＿＿＿＿＿＿＿＿＿＿

　　F. 寄款人想買什麼？＿＿＿＿＿＿＿＿＿＿＿＿＿＿＿＿＿＿＿

第二部分　請假單

動動腦

1 什麼是請假單？

- 需要請假的時候，必須寫請假單，告訴學校、工作的地方為什麼要請假、請哪種假。

- 什麼時候可以用？

  ☐ 不想去上班、上課
  ☐ 生病 → 病假
  ☐ 有重要的事，不能去上班、上課 → 事假
  ☐ 要替學校或公司到別的地方做事 → 公假
  ☐ 工作上給員工自己休息的假 → 休假
  ☐ ＿＿＿＿＿＿＿＿＿＿＿＿＿＿＿＿＿＿＿＿
  ☐ ＿＿＿＿＿＿＿＿＿＿＿＿＿＿＿＿＿＿＿＿

2 應該怎麼寫？

- 你是誰？→ 你的姓名
- 你的學號幾號？
- 你念哪一系？哪一班？念幾年級？或是做什麼工作的？
- 什麼時候要請假？→ 請假的日期、時間
- 為什麼要請假？→ 事由
- 請哪種假？
- 請哪門課的假？→ 課的名字、第幾節
- 請假單是哪一天寫的？→ 寫表單那天的日期

動動手

一、寫一張學校請假單：要去辦事。

想一想

- 哪門課得請假？

  _____

- 什麼時間要請假？

  _____

- 為什麼要請假？

  ☐ _____

  ☐ _____

  ☐ _____

- 要請哪種假？

  _____

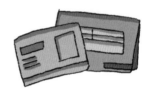

怎麼寫

範例五

第 一 大 學 學 生 請 假 單

填表日期：2020 年 5 月 4 日

		中文 系(所) 一 年級	姓名	王小美	學號	109886886
請假單	事由	因為居留證和郵局帳戶有問題的關係，我要先到移民署排隊，再到郵局去辦事，就沒辦法來上課了。				
	請假期間	5 月 5 日 第 3-4 節	請假課程	大一英文		
	任課教師核准		☐ 病假 ☑ 事假 ☐ 公假 ☐ 休假			

● 請從上面的範例，找出下面每個問題的部分：

A. 誰要請假？＿＿＿＿＿＿＿＿＿＿＿＿＿＿＿＿＿＿＿＿

B. 哪門課得請假？　＿＿＿＿＿＿＿＿＿＿＿＿＿＿＿＿＿

C. 什麼時間要請假？　＿＿＿＿＿＿＿＿＿＿＿＿＿＿＿＿

D. 為什麼要請假？　＿＿＿＿＿＿＿＿＿＿＿＿＿＿＿＿＿

＿＿＿＿＿＿＿＿＿＿＿＿＿＿＿＿＿＿＿＿＿＿＿＿＿＿＿＿

＿＿＿＿＿＿＿＿＿＿＿＿＿＿＿＿＿＿＿＿＿＿＿＿＿＿＿＿

E. 要請哪種假？　＿＿＿＿＿＿＿＿＿＿＿＿＿＿＿＿＿＿＿

二、寫一張公司請假單：你的身體不舒服。

想一想

● 你在哪個部門工作？

＿＿＿＿＿＿＿＿＿＿＿＿＿

● 什麼時間要請假？

＿＿＿＿＿＿＿＿＿

● 為什麼要請假？

＿＿＿＿＿＿＿＿＿

● 要請哪種假？

＿＿＿＿＿＿＿＿＿

怎麼寫

填表日期：2020 年 3 月 4 日

員 工 請 假 單

部門	市場部	職務	助理		姓名	李安安
請假類別	☐ 休假 ☑ 病假 ☐ 事假 ☐ 公假	事由	感冒，看醫生			
請假時間	2020 年 3 月 3 日 9 時—17 時，一共 1 天 8 小時					
主管意見	☐ 准 ☐ 不准					
	簽名：				日期：	

● 請從上面的範例，找出下面每個問題的部分：

A. 誰要請假？_____

B. 他做什麼工作？_____

C. 什麼時間要請假？_____

D. 為什麼要請假？_____

_____

_____

E. 要請哪種假？_____

生 詞

	生詞 (正體)	生詞 (簡體)	漢語拼音	詞性	英文解釋
1	表單	表单	biǎodān	N	form

▶ 例：這張表單是匯款單，不是存款單，你拿錯了。
　　Zhè zhāng biǎodān shì huì kuǎn dān, búshì cún kuǎn dān, nǐ ná cuò le.

2	存款	存款	cún kuǎn	Vp-sep	deposit

▶ 例：想去那個國家念大學，帳戶裡要有一百萬的存款。
　　Xiǎng qù nà ge guójiā niàn dàxué, zhànghù lǐ yào yǒu yì bǎi wàn de cún kuǎn.

3	提款	提款	tí kuǎn	Vp-sep	withdrawal

▶ 例：我想提款，請問這附近哪裡有自動提款機*？
　　Wǒ xiǎng tí kuǎn, qǐngwèn zhè fùjìn nǎlǐ yǒu zìdòng tí kuǎn jī?
　　*自動提款機（zìdòng tí kuǎn jī）：ATM

4	匯款	汇款	huì kuǎn	Vp-sep	remittance

▶ 例：請問可以用自動提款機匯款給別人嗎？
　　Qǐngwèn kěyǐ yòng zìdòng tí kuǎn jī huì kuǎn gěi biérén ma?

5	劃撥	划拨	huàbō	Vp-sep	transfer money

▶ 例：你只要把錢劃撥給老闆，他一拿到錢，就會出貨了。
　　Nǐ zhǐyào bǎ qián huàbō gěi lǎobǎn, tā yì ná dào qián, jiù huì chū huò le.

| 6 | 帳戶 | 账户 | zhànghù | N | account |

▶ 例：我的帳戶裡現在沒錢了，希望獎學金快點匯進來。
Wǒ de zhànghù lǐ xiànzài méi qián le, xīwàng jiǎngxuéjīn kuàidiǎn huì jìnlái.

| 7 | 存摺 | 存折 | cúnzhé | N | passbook |

▶ 例：去銀行存款或提款，一定要帶存摺嗎？
Qù yínháng cún kuǎn huò tí kuǎn, yídìng yào dài cúnzhé ma?

| 8 | 身分證 | 身分证 | shēnfèn zhèng | N | ID card |

▶ 例：身分證很重要，不可以亂丟。
Shēnfèn zhèng hěn zhòngyào, bù kěyǐ luàn diū.

| 9 | 欄 | 栏 | lán | N | column |

▶ 例：請把你的身分證號碼填在這一欄裡。
Qǐng bǎ nǐ de shēnfèn zhèng hàomǎ tián zài zhè yì lán lǐ.

| 10 | 代號 | 代号 | dàihào | N | code name |

▶ 例：A、B、C、D是考試的時候常用的代號。
A, B, C, D shì kǎoshì de shíhòu chángyòng de dàihào.

| 11 | 帳號 | 账号 | zhànghào | N | account / account number |

▶ 例：要在這家網路商店買東西，請先申請*一個帳號。
Yào zài zhè jiā wǎnglù shāngdiàn mǎi dōngxi, qǐng xiān shēnqǐng yí ge zhànghào.
* 申請（shēnqǐng）：to apply

| 12 | 戶名 | 戶名 | hùmíng | N | registration name |

▶ 例：這本存摺的戶名是一家公司，不是一個人。
Zhè běn cúnzhé de hùmíng shì yì jiā gōngsī, búshì yí ge rén.

13	線	线	xiàn	N	line

▶ 例：念書念到重要的地方，你會在字底下畫線嗎？

Niànshū niàn dào zhòngyào de dìfāng, nǐ huì zài zì dǐxià huà xiàn ma?

14	員工	员工	yuángōng	N	staff / employee

▶ 例：這家公司只有二十位員工，所以老闆誰都認識。

Zhè jiā gōngsī zhǐ yǒu èr shí wèi yuángōng, suǒyǐ lǎobǎn shéi dōu rènshì.

15	學號	学号	xuéhào	N	student ID

▶ 例：學校裡每位學生都有自己的學號，很容易知道他是哪個班的。

Xuéxiào lǐ měi wèi xuéshēng dōu yǒu zìjǐ de xuéhào, hěn róngyì zhīdào tā shì nǎ ge bān de.

16	填	填	tián	V	to fill in

▶ 例：郵局或銀行的表單填錯就不能用了，要再填新的。

Yóujú huò yínháng de biǎodān tián cuò jiù bùnéng yòng le, yào zài tián xīn de.

17	排隊	排队	páiduì	Vp-sep	to queue up / to line up

▶ 例：上車、買票都請排隊，不可以插隊*。

Shàng chē, mǎi piào dōu qǐng páiduì, bù kěyǐ chāduì.

*插隊（chāduì）：cut in line

18	課程	课程	kèchéng	N	course

▶ 例：她在網上買了一個做麵包的課程，十次課兩千塊。

Tā zài wǎng shàng mǎi le yí ge zuò miànbāo de kèchéng, shí cì kè liǎng qiān kuài.

19	部門	部门	bùmén	N	department

▶ 例：我們公司有五個部門，最大的是市場部。

Wǒmen gōngsī yǒu wǔ ge bùmén, zuì dà de shì shìchǎng bù.

| 20 | 職務 | 职务 | zhíwù | N | position / job / duties |

▶ 例：今年我換了一家公司，也有了新職務。
Jīnnián wǒ huàn le yì jiā gōngsī, yě yǒu le xīn zhíwù.

| 21 | 助理 | 助理 | zhùlǐ | N | assistant |

▶ 例：我是陳老師的助理，幫他做一些辦公室裡的小工作。
Wǒ shì Chén lǎoshī de zhùlǐ, bāng tā zuò yìxiē bàngōngshì lǐ de xiǎo gōngzuò.

| 22 | 類別 | 类别 | lèibié | N | classification / category |

▶ 例：你要找語言類別的書，應該去圖書館三樓看看。
Nǐ yào zhǎo yǔyán lèibié de shū, yīnggāi qù túshū guǎn sān lóu kànkan.

| 23 | 主管 | 主管 | zhǔguǎn | N | man or woman in charge / manager |

▶ 例：我們公司的主管對員工都不錯。
Wǒmen gōngsī de zhǔguǎn duì yuángōng dōu búcuò.

| 24 | 准 | 准 | zhǔn | V | to allow |

▶ 例：功課沒寫完，媽媽不准我去同學家玩。
Gōngkè méi xiě wán, māma bù zhǔn wǒ qù tóngxué jiā wán.

| 25 | 簽名 | 签名 | qiānmíng | Vp-sep / N | to sign / signature |

▶ 例：你這個簽名看不清楚，請在這裡再簽一次名。
Nǐ zhè ge qiānmíng kàn bù qīngchǔ, qǐng zài zhèlǐ zài qiān yí cì míng.

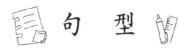

句　型

句型 (正體)	句型 (簡體)	漢語拼音	英文解釋
因為……的 關係	因为……的 关系	yīnwèi…de guānxi	because of…

▌例：因為下大雨的關係，大家都來晚了。
　　　Yīnwèi xià dàyǔ de guānxi, dàjiā dōu lái wǎn le.

▌例：你搬到宿舍去住，是因為朋友的關係嗎？
　　　Nǐ bān dào sùshè qù zhù, shì yīnwèi péngyǒu
　　　de guānxi ma?

練習一：_____，他今天沒來上課。

練習二：A：你怎麼忽然決定要回國了？
　　　　B：_____。

先……再……	先……再……	xiān…zài…	…first, then…

▌例：我想先休息一下再吃飯。
　　　Wǒ xiǎng xiān xiūxí yíxià zài chīfàn.

▌例：我先教你，你再自己練習。
　　　Wǒ xiān jiāo nǐ, nǐ zài zìjǐ liànxí.

練習一：下了課，我要先_____，再_____。

練習二：A：明天我們一起出去玩，你有什麼打算？
　　　　B：_____。

就……　　　就……　　　jiù…　　　then…

■ 例：你先直走，再往右轉，就看得到那家百貨公司了。
　　　Nǐ xiān zhí zǒu, zài wǎng yòu zhuǎn, jiù kàn de dào
　　　nà jiā bǎihuò gōngsī le.

■ 例：你回來，我就告訴你怎麼了。
　　　Nǐ huílái, wǒ jiù gàosù nǐ zěnmele.

練習一：王先生喜歡下了班，_____。

練習二：A：媽媽，我們什麼時候吃晚飯？我餓了！
　　　　 B：_____。

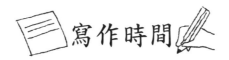

寫作時間

小任務

請寫一張存款單，存進 23,500 元。

```
98-04-40-05E
              郵政存簿儲金   新 立 戶   存款單
                          一般存款
                          轉帳存款
```

郵局代號	局　　號	檢號	帳　　號	檢號	日　　期
700					年　月　日

戶　名		存款金額	仟萬	佰萬	拾萬	萬	仟	佰	拾	元
		新臺幣（小寫）								

儲匯壽險專用章

主　管

※填單說明：1. 一般存款時，請將本單隨儲金簿一併交郵局辦理（儲金簿於辦畢後即退）。
2. 存款金額欄請在空格劃橫線　例：│新臺幣│ │ │50000│

驗
證
欄

交易代號：1301 新立戶　1501 現金存款　1524 轉帳存款　540,000束(100張)102.07.190x105mm 80g/m² 橫(退暖)保管年限五年

請寫一張提款單，拿出 39,570 元。

```
98-04-40-06A     郵政存簿儲金提款單
```

	年　月　日						

郵局代號	局　　號	檢號	帳　　號	檢號
700				

提款金額	億	仟	佰	拾	萬	仟	佰	拾	元

新臺幣
（大寫）　請用零、壹、貳、參、肆、伍、陸、柒、捌、玖大寫數目字填寫，
並於空格劃橫線　例：│新臺幣│ │ │壹│

NT$
（小寫）

請蓋原留印鑑
（應使用油性印
泥，不得使用水
性印泥或打印台）

儲匯壽險專用章

主　管

交易代號：1506 現金提款　1304 結清銷戶　1525 存簿窗口轉帳提款

驗
證
欄

敬請　1. 本提款單不能視作票據使用。
注意　2. 儲戶印鑑**務請親自加蓋**，切勿交付他人或郵局人員代蓋，以昭慎重。

付款號碼：#_____

100,000束(500張)100.11(1)190X105mm(80g/m²級)(東亨)本類檔案張管5年

請寫一張匯款單，給學校匯 18,000 元。

98-05-51-16

郵政跨行匯款申請書

中華民國　　年　　月　　日

※本匯款務必於15：30前交付儲匯櫃台辦妥，
　逾時者為延時匯款，次一銀行營業日始入帳。
※匯款金額達3萬元以上者，匯款人(或匯款代理
　人)請出示身分證明文件以供確認身分。

		解　款　行 (受款行)		銀行		分行	代 號		匯款額		第 一 聯 ： 各 局 存 查
匯 款 人 自 行 填 寫	收 款 人	帳　號	請由左方依序填寫帳號，多餘空格留右方						匯費		
		戶　名							合　計		
	匯款金額	新臺幣 (大寫)	仟　佰　拾　萬　仟　佰　拾　元整								
	匯 款 人	姓　名				備 註					
		身分證 統一編號		電話	(請填寫，行動電話亦可)				儲匯壽險專用章		
		地　址									
	匯款 代理人	姓　名		身分證 統一編號		電話					

※匯款人請勾選
如電腦故障及連線
中斷或不可抗力因
素致匯款滯留，匯
款人同意貴局：

☐停止匯款，電話
通知本人來局辦
理。

☐待帶留原因消除
匯之當日或次日
匯款。

5819 5877 印 錄	機　　號	櫃員代號	匯款序號	匯款日期及時間	收款人帳號
	匯　款　金　額	解　款　行	交易序號	匯　費	

中 文 登 錄	匯款序號	解　　款　　行	匯款局電話號碼
	收款人戶名		
	匯款人姓名		

5803 主 管 放 行	機　號	主管代號	匯款序號	發送日期及時間
	收款人帳號	解款行	匯款金額	

校權主管編號

校權主管章

放行主管章

備註 印錄	
沖銷印證 5849	

320,000本(2×50份)105.03. 210×182mm(45g/m²非碳紙.)保管5年(伍套)

第1頁/共2聯2頁

請寫一張劃撥單： 你跟朋友要去高雄玩，給旅館劃撥兩個晚上的房間費。

● 上面請寫出你的姓名、日期，還有要訂幾人房？一共要訂幾間？

98-04-43-04	郵 政 劃 撥 儲 金 存 款 單		◎寄款人請注意背面說明
收款帳號	金額（阿拉伯數字） 億 仟萬 佰萬 拾萬 萬 仟 佰 拾 元		◎本收據由電腦印錄請勿填寫 **郵政劃撥儲金存款收據**
通訊欄（限與本次存款有關事項）	收款戶名		
	寄 款 人 □他人存款 □本戶存款		**收款帳號戶名**
	姓名	申請人請於瞭解「郵政儲金匯兌個人資料蒐集告知聲明」內容後，攜帶本單據交郵局辦理。 短辦局收款章戳	
	地址與電話	□□□—□□	**存款金額**
		主管：	**電腦記錄**
	虛線內備供機器印錄用請勿填寫		短辦局收款章戳

請寫一張學校請假單，要請公假。

第 一 大 學 學 生 請 假 單

填表日期： 年 月 日

		系(所)年級	姓名		學號	
請假單	事由					
	請假期間	月 日 第 節	請假課程			
	任課教師核准		□ 病假 □ 事假 □ 公假 □ 休假			

請寫一張工作請假單，要請事假。

第 一 公 司 員 工 請 假 單

部門		職務		姓名	
請假類別	□ 病假　　□ 事假　　□ 公假　　□ 休假				
請假時間	自　　年　　月　　日　　時至　　年　　月　　日　　時 一共請假　　天　　小時				
主管意見					
□ 准 □ 不准	簽名　　　　　日期				

小叮嚀

1. 存款單有「存款單」和「無摺存款單」兩種，「存款單」需要帶存摺，「無摺存款單」只要知道帳號就可以存款。「存款單」常常是自己存錢的時候用，「無摺存款單」就常常用在給別人寄錢的時候了。

2. 提款的時候，還需要在提款單上蓋（gài: to stamp）印鑑 / 印章（yìnjiàn / yìnzhāng: seal, stamp），要不然就不能拿錢。

3. 如果用郵局匯款，會有「郵局匯到郵局」和「郵局匯到別的銀行」兩種表單。

4. 平常請假要有證明（zhèngmíng: proof），比如說請病假要有醫生開的證明，沒有就不能請假。

5. 「時」是「點」的正式用法，比如說「8 點」，正式的文件（wénjiàn: document）常用「8 時」。

掃我有更多內容哦！

第六課

寫履歷表

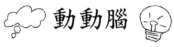

動動腦

1 什麼是履歷表？

- 「履歷表」是簡單、清楚地介紹你做過了哪些事的表單。
- 履：經過過的、走過的。

  歷：已經過去的、過去的經驗。

- 為什麼要用？

  □ 讓老闆或學校認識你

  □ 讓老闆喜歡你，想要你來工作

  □ 讓學校老師喜歡你，想要你來念書

  □ 讓公司或是學校知道你是不是他們要找的人

  □ 知道自己做過很多事

  □ ＿＿＿＿＿＿＿＿＿

- 什麼時候可以用？

  □ 找工作的時候

  □ 申請學校的時候

  □ 買東西的時候

  □ 認識朋友的時候

  □ ＿＿＿＿＿＿

  □ ＿＿＿＿＿＿

- 可以在裡面寫什麼？

  □ 介紹自己　　　□ 念過哪些學校　　　□ 做過哪些工作

  □ 會哪幾種語言　□ 去過哪些國家旅行　□ 有過幾個男／女朋友

  □ ＿＿＿＿＿　□ ＿＿＿＿＿＿＿　□ ＿＿＿＿＿＿

- 寫的時候應該注意什麼？

  □ 不是真的也可以寫　□ 隨便寫沒關係

  □ 可以自己用手寫　　□ 寫錯字沒關係

  □ 可以用電腦打字　　□ 要跟著發生時間

  　　　　　　　　　　　前的後寫

- 履歷表是很正式的嗎？

  □ 是

  □ 不是

② 應該寫什麼？

第一部分 基本資料

☐ 姓名　☐ 電話　　☐ 地址　☐ 電子郵件　☐ 性別

☐ 國籍　☐ 身分證或居留證號碼　☐ 出生年月日

☐ 婚姻：已婚／未婚　☐ ＿＿＿＿＿＿＿　☐ ＿＿＿＿＿＿＿

第二部分 要貼一張照片

・ 可以貼什麼照片？

☐ 畢業照　☐ 生活照　☐ 自拍照　☐ 大頭照

☐ 動漫照　☐ 風景照

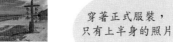
穿著正式服裝，只有上半身的照片

第三部分 學歷：要跟著發生時間的前後寫

・ 在哪些學校念過書？

・ 從哪年（哪月）念到哪年（哪月）？

☐ 先寫離現在近的，再寫遠的

☐ 先寫離現在遠的，再寫近的

☐ 從小時候的學校開始寫

☐ 從最高學歷開始寫

第四部分　經歷：要跟著發生時間的前後寫

　　　　　‧ 你做過哪些工作？　　‧ 在哪裡做的？

　　　　　‧ 負責過什麼事？

　　　　　‧ 從哪年（哪月）做到哪年（哪月）？

☐ 先寫離現在近的，再寫遠的　　☐ 先寫離現在遠的，再寫近的

☐ 做過什麼工作都可以寫　　　　☐ 沒做過的也可以寫

☐ 只寫跟應徵的工作有關的　　　☐ 只做了幾天的也可以寫

第五部分　‧ 你會什麼？　　‧ 有什麼特別好的能力？

☐ 語言能力：英文、中文……

☐ 參加過什麼得了獎的比賽

☐ 證照：語言的、電腦的、廚師的、運動的……

☐ 會不會用電腦？像是 word、excel、powerpoint 什麼的

☐ 有沒有駕照？機車的還是汽車的？是哪一種駕照？

☐ ＿＿＿＿＿＿＿＿＿＿＿＿＿＿＿＿＿＿＿＿＿

☐ ＿＿＿＿＿＿＿＿＿＿＿＿＿＿＿＿＿＿＿＿＿

動動手

一、給申請的學校寫一份履歷表。

想一想

- 申請人是誰？
  _____

- 申請什麼科系？
  _____

- 貼哪張照片最好？

- 基本資料有哪些？
  _____

- 念過哪些學校（學校的名字、在哪裡）？從什麼時候念到什麼時候？
  _____
  _____

- 做過哪些事？在哪裡？什麼時候？當過什麼幹部？
  _____

- 參加哪些比賽或活動？
  _____
  _____

- 得過什麼獎？（得獎紀錄）
  _____
  _____
  _____

- 有什麼專長或能力？
  _____
  _____
  _____

怎麼寫

個人履歷表

姓名	李家恩	生日	1994 年 11 月 29 日	
電話	0900123456			
電子郵件	Leejn@yahoo.com.tw			
地址	台北市和平東路一段 75 號			
學歷	高中	2009-2012 年國立台北高中		
	國中	2006-2009 年桃園市立大山國中——市長獎		
	國小	2000-2006 年桃園市立大山國小——校長獎		
職務	社團	英文社社長		
	高一	英文小老師		
	高二	班長		
	高三	地理小老師		
外語能力	TOEIC	665		
參賽得獎紀錄	校外	2012 年英文說故事比賽第二名		
		2011 年作文比賽第三名		
		2010 年書法比賽第三名		
	校內	2011 年英文說故事比賽第一名		
		2010 年作文比賽第二名		
		2009 年書法比賽第二名		

● 請從上面的範例，找出下面每個問題的部分：

A. 這是誰寫的？

_____

B. 基本資料有哪些？

_____

_____

C. 念過什麼學校？

_____

_____

D. 當過哪些幹部？在什麼時候？

_____

_____

E. 他會什麼？得過什麼獎？

_____

_____

F. 還有什麼特別的事嗎？

_____

_____

_____

_____

二、給找工作的公司寫一份履歷表。

想一想 ▶

● 誰要找工作？	● 要找什麼工作？	● 貼哪張照片最好？
＿＿＿＿＿＿＿	＿＿＿＿＿＿＿	

● 基本資料有哪些？
＿＿＿＿＿＿＿＿＿＿＿＿＿＿＿

● 念過哪些學校（學校的名字、在哪裡）？從什麼時候念到什麼時候？
＿＿＿＿＿＿＿＿＿＿＿＿＿＿＿＿＿＿＿＿＿＿＿＿＿＿＿
＿＿＿＿＿＿＿＿＿＿＿＿＿＿＿＿＿＿＿＿＿＿＿＿＿＿＿

● 做過哪些事？在哪裡？什麼時候？當過什麼幹部？
＿＿＿＿＿＿＿＿＿＿＿＿＿＿＿＿＿＿＿＿＿＿＿＿＿＿＿

● 有什麼專長或能力？

怎麼寫

範例二

林家華

新北市林口區仁愛路一段 2 號·0955559559

flower_lin@yahoo.com.tw

應徵職務

外場服務人員

學歷

2016 年 9 月—2020 年 6 月

國立第一餐旅大學　學士

2013 年 9 月—2016 年 6 月

私立英才中學餐旅科

經歷

2019 年 10 月—2020 年 4 月

台北人來大飯店

實習服務生　負責點菜、帶位、分菜和桌邊服務

2019 年 2 月—2019 年 9 月

台北好好吃餐廳

服務生　負責點菜、廚房清潔

證照和專長

- 英語
- 餐旅服務
- 電腦 word、excel
- TOEIC 700 分
- 丙級技術士

活動

- 國立第一餐旅大學烹飪社社長
- 餐旅服務社社員

● 請從上面的範例，找出下面每個問題的部分：

A. 這是誰寫的？

_____

B. 基本資料有哪些？

_____

_____

C. 應徵什麼工作？

_____

_____

D. 念過什麼學校？學校在哪裡？從什麼時候念到什麼時候？

_____

_____

E. 她在哪裡做過哪些事？是什麼時候做的？

_____

_____

F. 她當過什麼幹部？

_____

_____

G. 她有什麼專長和能力？

_____

_____

生 詞

	生詞（正體）	生詞（簡體）	漢語拼音	詞性	英文解釋
1	履歷	履历	lǚlì	N	resume

▶ 例：找工作一定要準備履歷，讓公司先認識認識你。
Zhǎo gōngzuò yídìng yào zhǔnbèi lǚlì, ràng gōngsī xiān rènshì rènshì nǐ.

2	簡單	简单	jiǎndān	Adverb / Vs-attr	simple / not complicated

▶ 例：中午我沒有時間吃飯，只簡單地吃了一個麵包。
Zhōngwǔ wǒ méiyǒu shíjiān chīfàn, zhǐ jiǎndān de chī le yí ge miànbāo.

3	經驗	经验	jīngyàn	N	experience

▶ 例：這份工作只要有經驗的人來應徵嗎？
Zhè fèn gōngzuò zhǐ yào yǒu jīngyàn de rén lái yìngzhēng ma?

4	申請	申请	shēnqǐng	V / N	to apply for sth / application

▶ 例：要申請居留證，應該在多久以前提出*申請？
Yào shēnqǐng jūliú zhèng, yīnggāi zài duōjiǔ yǐqián tíchū shēnqǐng?
*提出（tíchū）：to raise（an issue）/ to propose

5	打字	打字	dǎzì	V-sep	to type

▶ 例：現在請你用手機打三個字試試，如果不會打字，也可以用手寫。
Xiànzài qǐng nǐ yòng shǒujī dǎ sān ge zì shìshi, rúguǒ búhuì dǎzì, yě kěyǐ yòng shǒu xiě.

| 6 | 基本 | 基本 | jīběn | Vs-attr | basic |

▶ 例：上課、念書是學生最基本的工作。
　　Shàngkè, niànshū shì xuéshēng zuì jīběn de gōngzuò.

| 7 | 資料 | 资料 | zīliào | N | material / data / information |

▶ 例：這次報告需要的資料，圖書館裡有，等一下去看看。
　　Zhè cì bàogào xūyào de zīliào, túshū guǎn lǐ yǒu, děng yíxià qù kànkan.

| 8 | 國籍 | 国籍 | guójí | N | nationality |

▶ 例：「國籍」的意思就是你是哪國人。
　　"Guójí" de yìsi jiù shì nǐ shì nǎ guó rén.

| 9 | 婚姻 | 婚姻 | hūnyīn | N | marriage |

▶ 例：台灣從 2019 年 5 月開始，同性戀*也可以有正式的婚姻關係了。
　　Táiwān cóng èr líng yī jiǔ nián wǔ yuè kāishǐ, tóngxìng liàn yě kěyǐ yǒu zhèngshì de hūnyīn guānxi le.
　　*同性戀（tóngxìng liàn）：homosexuality / gay person / gay love

| 10 | 貼 | 贴 | tiē | V | to stick / to paste |

▶ 例：這個信封上沒貼郵票，可能寄不出去。
　　Zhè ge xìnfēng shàng méi tiē yóupiào, kěnéng jì bù chūqù.

| 11 | 自拍 | 自拍 | zìpāi | N | selfie |

▶ 例：手機可以照相以後，自拍就方便多了。
　　Shǒujī kěyǐ zhàoxiàng yǐhòu, zìpāi jiù fāngbiàn duō le

| 12 | 動漫 | 动漫 | dòngmàn | N | cartoons and comics / animes and mangas |

▶ 例：很多有名的動漫都是從日本來的。
　　Hěnduō yǒumíng de dòngmàn dōu shì cóng Rìběn lái de.

| 13 | 服裝 | 服装 | fúzhuāng | N | dress / clothing |

▶ 例：我們可以穿動漫服裝去上班嗎？
Wǒmen kěyǐ chuān dòngmàn fúzhuāng qù shàngbān ma?

| 14 | 能力 | 能力 | nénglì | N | capability / ability |

▶ 例：找工作的時候，外語能力好不好很重要。
Zhǎo gōngzuò de shíhòu, wàiyǔ nénglì hǎo bùhǎo hěn zhòngyào.

| 15 | 得獎 | 得奖 | dé jiǎng | V-sep | to win a prize |

▶ 例：聽說小張得獎了，他得了什麼獎？
Tīngshuō Xiǎo Zhāng dé jiǎng le, tā dé le shénme jiǎng?

| 16 | 比賽 | 比赛 | bǐ sài | N | competition / match |

▶ 例：我明天要參加兩場籃球比賽，你有沒有空來看？
Wǒ míngtiān yào cānjiā liǎng chǎng lánqiú bǐsài, nǐ yǒu méiyǒu kòng lái kàn?

| 17 | 證照 | 证照 | zhèngzhào | N | professional certification / certificate / license |

▶ 例：老師說有證照的人，比較容易找到工作。
Lǎoshī shuō yǒu zhèngzhào de rén, bǐjiào róngyì zhǎodào gōngzuò.

| 18 | 駕照 | 驾驶证 | jiàzhào / jiàshǐ zhèng | N | driver's license |

▶ 例：我沒有駕照，所以不能開車。
Wǒ méiyǒu jiàzhào, suǒyǐ bùnéng kāichē.

| 19 | 科系 | 科系 | kēxì | N | department (in schools) |

▶ 例：這所大學有 50 多個科系，學生特別多。
Zhè suǒ dàxué yǒu wǔ shí duō ge kēxì, xuéshēng tèbié duō.

20	幹部	干部	gànbù	N	officer / manager / management

▶ 例：李同學是我們社團的幹部，有事請找他談。
Lǐ tóngxué shì wǒmen shètuán de gànbù, yǒushì qǐng zhǎo tā tán.

21	專長	专长	zhuāncháng	N	specialty / special knowledge or ability

▶ 例：他的專長是游泳，不到一分鐘能游一百公尺。
Tā de zhuāncháng shì yóuyǒng, bú dào yì fēnzhōng néng yóu yì bǎi gōngchǐ.

22	紀錄	纪录	jìlù	N	record

▶ 例：他每天都練習游泳，希望有一天能打破世界紀錄。
Tā měitiān dōu liànxí yóuyǒng, xīwàng yǒu yì tiān néng dǎpò shìjiè jìlù.

23	應徵	应征	yìngzhēng	V	to apply (for a job)

▶ 例：這家公司很大，來應徵的人特別多。
Zhè jiā gōngsī hěn dà, lái yìngzhēng de rén tèbié duō.

24	外場	外场	wàichǎng	N	outer area / dining area of a restaurant (as opposed to the kitchen)

▶ 例：客人多的時候，餐廳外場的工作就很忙。
Kèrén duō de shíhòu, cāntīng wàichǎng de gōngzuò jiù hěn máng.

25	人員	人员	rényuán	N	staff / crew

▶ 例：下週的比賽需要五位工作人員，誰願意幫忙？
Xià zhōu de bǐsài xūyào wǔ wèi gōngzuò rényuán, shéi yuànyì bāngmáng?

26	國立	国立	guólì	Vs-attr	national / public

▶ 例：這座博物館[*]是國立的，所以門票很便宜。
　　Zhè zuò bówùguǎn shì guólì de, suǒyǐ ménpiào hěn piányí.
　　* 博物館（bówùguǎn）：museum

27	學士	学士	xuéshì	N	bachelor's degree

▶ 例：大學畢業可以拿到學士學位[*]。
　　Dàxué bìyè kěyǐ ná dào xuéshì xuéwèi.
　　* 學位（xuéwèi）：academic degree

28	私立	私立	sīlì	Vs-attr	private (school)

▶ 例：在私立學校念書，學費很貴。
　　Zài sīlì xuéxiào niànshū, xuéfèi hěn guì.

29	實習	实习	shíxí	V	to intern / internship

▶ 例：你們系的學生畢業前需要不需要去公司實習？
　　Nǐmen xì de xuéshēng bìyè qián xūyào bù xūyào qù gōngsī
　　shíxí?

30	負責	负责	fùzé	V	to be in charge of / to take responsibility for

▶ 例：我在公司負責資料管理[*]的工作。
　　Wǒ zài gōngsī fùzé zīliào guǎnlǐ de gōngzuò.
　　* 管理（guǎnlǐ）：to manage / management

31	帶位	带位	dàiwèi	V	escort guests / seat guests

▶ 例：我們現在還不能進餐廳去，要先在門口等服務生來帶位。
　　Wǒmen xiànzài hái bùnéng jìn cāntīng qù, yào xiān zài ménkǒu
　　děng fúwù shēng lái dàiwèi.

32	清潔	清洁	qīngjié	Vs-attr	clean

▶ 例：給清潔人員打個電話，請他們來把辦公室打掃＊乾淨。
　　Gěi qīngjié rényuán dǎ ge diànhuà, qǐng tāmen lái bǎ bàngōngshì dǎsǎo gānjìng.
　　＊打掃（dǎsǎo）：to clean / to sweep

33	丙級技術士	丙级技术士	Bǐng jí jìshù shì	N	grade C practitioner / grade C technician

▶ 例：我有丙級技術士的證照，想開咖啡店，可以嗎？
　　Wǒ yǒu Bǐng jí jìshù shì de zhèngzhào, xiǎng kāi kāfēi diàn, kěyǐ ma?.

34	烹飪	烹饪	pēngrèn	N	cooking

▶ 例：妹妹想做廚師，所以去學烹飪。
　　Mèimei xiǎng zuò chúshī, suǒyǐ qù xué pēngrèn.

35	社／社團	社／社团	shè／shètuán	N	club

▶ 例：A：我們學校有什麼有意思的社團嗎？我想參加一個。
　　　B：我參加了烹飪社，你有沒有興趣？
　　　A：Wǒmen xuéxiào yǒu shénme yǒuyìsi de shètuán ma? Wǒ xiǎng cānjiā yí ge.
　　　B：Wǒ cānjiā le pēngrèn shè, nǐ yǒu méiyǒu xìngqù?

36	社長	社长	shèzhǎng	N	president or director in a club

▶ 例：活動時間是社長決定的，要是想改，得問他可以不可以。
　　Huódòng shíjiān shì shèzhǎng juédìng de, yàoshì xiǎng gǎi, děi wèn tā kěyǐ bù kěyǐ.

37	社員	社员	shèyuán	N	member of a society or club

▶ 例：這個社團很大，有兩百個社員。
　　Zhè ge shètuán hěn dà, yǒu liǎng bǎi ge shèyuán.

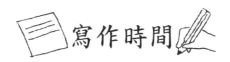

小任務

請給學校寫一份履歷表。

● 裡面要有十件事：1. 申請人是誰？

2. 申請什麼學校、什麼科系？

3. 基本資料有哪些？

4. 要貼哪張照片？

5. 念過在哪裡的哪些學校？從什麼時候念到什麼時候？

6. 在哪裡做過哪些事？是什麼時候做的？

7. 當過什麼幹部？

8. 參加過哪些活動？

9. 專長和能力是什麼？

10. 得過什麼獎嗎？

請給公司寫一份履歷表。

- 可以自己想想要做什麼樣的履歷表，也可以自己多加想寫的事。
- 裡面最少要有九件事：1. 誰要應徵？

    2. 應徵什麼職務？

    3. 基本資料有哪些？

    4. 要貼哪張照片？

    5. 念過在哪裡的哪些學校？從什麼時候念
       到什麼時候？

    6. 在哪裡做過哪些事？從什麼時候做到什
       麼時候？

    7. 做過什麼職務？負責過什麼事？

    8. 你會什麼？有什麼專長和能力？

    9. 得過什麼獎嗎？

小叮嚀

1. 有的公司或學校有自己的履歷表，可以用它來寫。如果沒有，最好自己設計（shèjì: to design）一份，不要用書店買來的。

2. 「學歷」寫離現在最近的，或是往前最多寫三個學校就好。

3. 「經歷」如果很多，寫跟要應徵的工作有關係的就好。如果沒有做過很多工作，就可以都寫出來，告訴老闆你是有工作經驗的人。

4. 如果是寫給學校，經歷可以寫你當過什麼幹部、參加過哪些活動。

5. 有的學校跟公司的履歷表在最後會要寫一段自傳（zìzhuàn: autobiography），怎麼寫自傳，請看下一課。

6. 如果是在網路上找工作的話，人力銀行（rénlì yínháng: Human Resource Agency）也有自己的履歷表，用它們的寫就可以了。

掃我有更多內容哦！

第七課

寫自傳

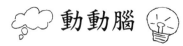

動動腦

① 什麼是自傳？

- 「自傳」就是介紹你自己，讓別人可以很快就認識你的文章。
- 自：自己。

  傳：經歷過的故事。
- 最常用的是找工作或是申請學校的時候，跟履歷表一起送出去的。
- 還有一種是年紀大的或是有名的人，用來記錄自己經歷過哪些事的文章或書。
- 這一課要介紹的是找工作或是申請學校的時候，應該怎麼寫。

- 為什麼要寫自傳？

  ☐ 讓老闆或學校認識你

  ☐ 讓老闆喜歡你，想要你來工作

  ☐ 讓學校老師喜歡你，想要你來念書

  ☐ 讓公司或是學校知道你是不是他們要找的人

  ☐ 知道自己做過很多事

  ☐ _____

- 什麼時候可以用？

  ☐ 找工作的時候

  ☐ 申請學校的時候

  ☐ 買東西的時候

  ☐ 認識朋友的時候

  ☐ _____

  ☐ _____

- 可以在裡面寫什麼？

  ☐ 介紹自己 ☐ 念過哪些學校 ☐ 做過哪些工作

  ☐ 會哪幾種語言 ☐ 去過哪些國家旅行 ☐ 有過幾個男/女朋友

  ☐ _____ ☐ _____ ☐ _____

- 寫的時候應該注意什麼？

  ☐ 不是真的也可以寫　　☐ 隨便寫沒關係

  ☐ 可以自己用手寫　　　☐ 寫錯字沒關係

  ☐ 可以用電腦打字　　　☐ 要跟著發生時間的前後寫

- 自傳是很正式的嗎？

  ☐ 是

  ☐ 不是

② 自傳跟履歷表有什麼不一樣？

- 履歷表是表單，填進去的資料都是短短的詞或句子。

- 自傳是文章，一共要寫四段。

  A. 家庭和個性興趣。　　B. 學歷和學校生活。

  C. 經歷和能力專長。　　D. 未來和希望錄取。

③ 應該寫什麼？

- 家庭和個性興趣

  ☐ 家裡有哪些人？他們的工作是什麼？

  ☐ 家人平常的關係怎麼樣？

  ☐ 平常家人會一起做什麼？

  ☐ 你是個怎麼樣的人？

  ☐ 你喜歡做什麼？

  ☐ ＿＿＿＿＿＿＿＿＿＿＿＿＿＿

  ☐ ＿＿＿＿＿＿＿＿＿＿＿＿＿＿

● 學歷和學校生活

☐ 你是從哪些學校畢業的？

☐ 在學校的時候念書念得怎麼樣？

☐ 對什麼課最有興趣、念得最好？

☐ 做過什麼幹部？或是負責過什麼職務？

☐ 參加過什麼社團、活動、比賽？

☐ 得過什麼獎？

☐ _____

☐ _____

● 經歷和能力專長

☐ 你有什麼工作經驗？做了多久？

☐ 在這些工作中，你都做些什麼事？

☐ 這些工作，你做得怎麼樣？學到了什麼？

☐ 你有哪些專長或能力？

☐ 有證照或得過獎嗎？

☐ _____

☐ _____

● 未來和希望錄取

☐ 為什麼想念這所學校或是想要這份工作？   ☐ 要是錄取了，你會怎麼做？

☐ 他們為什麼要錄取你？對他們有什麼好處？   ☐ 希望錄取和感謝的話

☐ _____   ☐ _____

動動手

一、請給學校寫一篇申請大學的自傳：請寫 800-1000 個字。

想一想

● 申請人是誰？ ＿＿＿＿＿＿＿＿＿＿

● 介紹一下你的家庭和個性興趣。

＿＿＿＿＿＿＿＿＿＿＿＿＿＿＿

＿＿＿＿＿＿＿＿＿＿＿＿＿＿＿

＿＿＿＿＿＿＿＿＿＿＿＿＿＿＿

● 介紹一下你的學歷和學校生活。

＿＿＿＿＿＿＿＿＿＿＿＿＿＿＿

＿＿＿＿＿＿＿＿＿＿＿＿＿＿＿

＿＿＿＿＿＿＿＿＿＿＿＿＿＿＿

● 談談你對未來和
希望錄取的想法。

＿＿＿＿＿＿＿＿＿＿

＿＿＿＿＿＿＿＿＿＿

＿＿＿＿＿＿＿＿＿＿

● 介紹一下你的經歷
和能力專長。

＿＿＿＿＿＿＿＿＿＿

＿＿＿＿＿＿＿＿＿＿

＿＿＿＿＿＿＿＿＿＿

怎麼寫 ▶

範例一

　　我叫李家恩，家裡有四個人，父母跟一個哥哥、一個妹妹，我是第二個孩子。我父親是老師，母親在一家公司上班。哥哥念國立三明大學，妹妹念私立方正高中。平常我們都忙著自己的事，晚上家人會一起吃晚飯，說說今天過得怎麼樣。週末我們全家常常去爬山、打球和看電影，因為我們家人都喜歡運動，也喜歡看電影。運動讓我變成一個很健康的人，常看很多種不一樣的電影，讓我會自己去想很多事，也讓我對很多事都很有自己的想法，不會別人隨便說什麼，我就覺得別人一定是對的。

　　從桃園市立大山國中畢業的時候，我得了市長獎。考上了國立台北高中以後，我對語文特別有興趣，英文和地理都念得不錯，所以當過英文跟地理的小老師。很謝謝同學都很喜歡我，才讓我不但當了小老師，而且當了班長，能替大家服務，我很高興。有空的時候，就參加英文社的活動，也當社長。再加上我從小時候就喜歡跟中文有關係的事，比如說：喜歡寫書法、喜歡寫文章。只要有這些比賽，就一定報名。後來我得過好幾次作文、書法比賽的獎，也在英文說故事比賽中有很好的成績。現在我對語文和書法更喜愛了，希望念大學以後，還可以跟更多的老師和同學學習，讓自己更進步。

　　我在高一跟高二的暑假，都有過打工的經驗。高一暑假，我去一家速食店打工，學會了櫃檯跟廚房的工作，每天從早到晚都要忙好多事，知道了服務人員的辛苦。高二暑假，我去機場當志工，負責幫外國客人的忙。雖然這份工作沒有很多錢，但是我很喜歡，因為這個工作讓我能每天跟外國人練習英文，對我的英文能力有很大的幫助。除了練習英文，我還碰到不少別人碰到的問題，可是幫他們就是幫我自己，以後換我有問題了，馬上就知道要怎麼做了。一

上了高三，我就去考了 TOEIC，考到了 665 分，經過這一年的努力，我想現在應該能考到更高的分數了。

　　很久以前就聽說　貴校的英文系非常好，有很多教書教得很認真的老師，畢業以後找工作也比較容易，所以我希望能到　貴校念書。要是錄取了，我會好好念書，參加更多和英文有關係的活動、社團或比賽，讓自己有更多經驗、認識更多對英文有能力、有興趣的好朋友，也讓學校多一位優秀的學生。希望　貴校能給我這個機會，讓我變成　貴校的一分子，非常感謝！

範例一拼音：

　　Wǒ jiào Lǐ Jiā'ēn, jiā lǐ yǒu sì ge rén, fùmǔ gēn yí ge gēge, yí ge mèimei, wǒ shì dì èr ge háizi. Wǒ fùqīn shì lǎoshī, mǔqīn zài yì jiā gōngsī shàngbān. Gēge niàn Guólì Sānmíng Dàxué, mèimei niàn Sīlì Fāngzhèng Gāozhōng. Píngcháng wǒmen dōu máng zhe zìjǐ de shì, wǎnshàng jiārén huì yìqǐ chī wǎnfàn, shuōshuō jīntiān guò de zěnme yàng. Zhōumò wǒmen quánjiā chángcháng qù páshān, dǎqiú hé kàn diànyǐng, yīnwèi wǒmen jiārén dōu xǐhuān yùndòng, yě xǐhuān kàn diànyǐng. Yùndòng ràng wǒ biànchéng yí ge hěn jiànkāng de rén, cháng kàn hěnduō zhǒng bù yíyàng de diànyǐng, ràng wǒ huì zìjǐ qù xiǎng hěnduō shì, yě ràng wǒ duì hěnduō shì dōu hěn yǒu zìjǐ de xiǎngfǎ, búhuì biérén suíbiàn shuō shénme, wǒ jiù juéde biérén yídìng shì duì de.

　　Cóng Táoyuán Shìlì Dàshān Guózhōng bìyè de shíhòu, wǒ dé le Shìzhǎng jiǎng. Kǎo shàng le Guólì Táiběi Gāozhōng yǐhòu, wǒ duì yǔwén tèbié yǒu xìngqù, Yīngwén hé dìlǐ dōu niàn de búcuò, suǒyǐ dāng guò Yīngwén gēn dìlǐ de xiǎo lǎoshī. Hěn xièxie tóngxué dōu hěn xǐhuān wǒ, cái ràng wǒ búdàn dāng le xiǎo lǎoshī, érqiě dāng le bānzhǎng, néng tì dàjiā fúwù, wǒ hěn gāoxìng. Yǒu kòng de shíhòu, jiù cānjiā Yīngwén shè de huódòng, yě dāng shèzhǎng. Zàijiāshàng wǒ cóng xiǎoshíhòu jiù xǐhuān gēn Zhōngwén yǒu guānxi de shì, bǐrúshuō: xǐhuān xiě shūfǎ, xǐhuān xiě wénzhāng. Zhǐyào yǒu zhèxiē bǐsài, jiù yídìng bàomíng. Hòulái wǒ dé guò hǎojǐ cì zuòwén, shūfǎ bǐsài de jiǎng, yě zài Yīngwén shuō gùshì bǐsài zhōng yǒu hěn hǎo de chéngjī. Xiànzài wǒ duì yǔwén hé shūfǎ gèng xǐ'ài le, xīwàng niàn dàxué yǐhòu, hái kěyǐ gēn gèng duō de lǎoshī hé tóngxué xuéxí, ràng zìjǐ gèng jìnbù.

　　Wǒ zài gāoyī gēn gāo'èr de shǔjià, dōu yǒu guò dǎgōng de jīngyàn. Gāoyī shǔjià, wǒ qù yì jiā sùshí diàn dǎgōng, xuéhuì le guìtái gēn chúfáng de gōngzuò, měitiān cóng zǎo dào wǎn dōu yào máng hǎoduō shì, zhīdào le fúwù rényuán de xīnkǔ. Gāo'èr shǔjià, wǒ qù jīchǎng dāng zhìgōng, fùzé bāng wàiguó kèrén de máng. Suīrán zhè fèn gōngzuò méiyǒu hěnduō qián, dànshì wǒ hěn xǐhuān, yīnwèi zhè ge gōngzuò ràng wǒ néng měitiān gēn wàiguó rén liànxí Yīngwén, duì wǒ de Yīngwén nénglì yǒu hěn dà de bāngzhù. Chúle liànxí Yīngwén, wǒ hái pèngdào bùshǎo biérén pèngdào de wèntí, kěshì bāng tāmen jiùshì bāng wǒ zìjǐ, yǐhòu huàn wǒ yǒu wèntí le, mǎshàng jiù zhīdào yào zěnme zuò le. Yí shàng le gāosān, wǒ jiù qù kǎo le TOEIC, kǎodào le liù bǎi liù shí wǔ fēn, jīngguò zhè yì nián de nǔlì, wǒ xiǎng xiànzài yīnggāi néng kǎodào gèng gāo de fēnshù le.

　　Hěnjiǔ yǐqián jiù tīngshuō guìxiào de Yīngwén xì fēicháng hǎo, yǒu hěnduō jiāoshū jiāo de hěn rènzhēn de lǎoshī, bìyè yǐhòu zhǎo gōngzuò yě bǐjiào róngyì, suǒyǐ wǒ xīwàng néng dào guìxiào niànshū. Yàoshì lùqǔ le, wǒ huì hǎohǎo niànshū, cānjiā gèng duō hé Yīngwén yǒu guānxi de huódòng, shètuán huò bǐsài, ràng zìjǐ yǒu gèng duō jīngyàn, rènshì gèng duō duì Yīngwén yǒu nénglì, yǒu xìngqù de hǎo péngyǒu, yě ràng xuéxiào duō yí wèi yōuxiù de xuéshēng. Xīwàng guìxiào néng gěi wǒ zhè ge jīhuì, ràng wǒ biànchéng guìxiào de yìfènzǐ, fēicháng gǎnxiè!

- 請從上面的範例，找出下面每個問題的部分：

　　A. 他是誰？

　　————————————————————————————

　　B. 他家有幾個人？關係怎麼樣？常常一起做什麼？

　　————————————————————————————

　　C. 他是個怎麼樣的人？喜歡做什麼？

　　————————————————————————————

　　————————————————————————————

D. 他是什麼學校畢業的？書念得怎麼樣？什麼課念得好？

_____

_____

E. 做過什麼幹部？負責過什麼職務？

_____

_____

F. 參加過什麼社團、活動、比賽？

_____

_____

G. 他有過什麼工作經驗？做些什麼事？

_____

_____

H. 從這些工作中，學到了什麼？

_____

_____

I. 有哪些專長、能力或證照？

_____

_____

J. 為什麼想念這所學校？要是錄取了，他會怎麼做？

_____

_____

K. 學校為什麼要錄取他？對學校有什麼好處？

_____

_____

二、請給公司寫一篇找工作的自傳：請寫 800-1000 個字。

想一想

● 你是誰？ _____

● 介紹一下你的家庭和個性興趣。

_____

_____

_____

● 介紹一下你的學歷和學校生活。

_____

_____

_____

● 談談你對未來和
希望錄取的想法。

_____

_____

_____

● 介紹一下你的經
歷和能力專長。

_____

_____

_____

怎麼寫

　　我叫林家華，從一個很簡單的家庭來。我家只有父母跟我，雖然沒有兄弟姊妹，可是我父母一直要我做一個做什麼事以前，都要先想想別人的人，所以我有很多好朋友。我父母都在銀行工作，總是很忙，只有週末才有時間跟我一起吃飯、看電視、出去走走。平常我會自己去旅行、打網球、畫畫，做很多有趣的事，也喜歡學習新事物，是個很獨立的人。

　　我今年六月從國立第一餐旅大學畢業，高中念的是私立英才中學餐旅科，也就是說，我從中學就對餐旅工作非常有興趣，大學畢業成績也非常好。英語是我念得最好的一科，因為想要做這樣的工作，常常服務外國客人，英文當然是最重要的。我念的系已經是餐旅管理了，再加上我在社團活動中，做過烹飪社社長和餐旅服務社社員，所以我對這方面的事情都很了解，如果去上班的話，都不必從零開始學起。

　　因為畢業以前，就知道以後要走餐旅工作的路，所以在大三我就開始到台北的大飯店和餐廳實習和打工，學習做服務生，點菜、帶位、分菜、桌邊服務跟廚房清潔，對我來說都非常熟悉，我也學習到怎麼服務不同的客人，最重要的是一定要先弄清楚客人的需要，再給他們最好的服務。除了工作經驗，我在大學的時候，不但已經考過 TOEIC 700 分了，而且也考到了丙級餐旅技術士的證照，電腦方面的能力也不錯，如果在服務客人的時候需要用到電腦，比如說點菜、算錢什麼的，我完全沒問題。

　　大家都知道　貴飯店是台灣最有名的飯店，每年都有很多外國客人來住，餐廳的生意好得不得了，而且也很高級，我覺得在　貴飯店工作會帶給我很多特別的經驗。因為這是我畢業以後找的第一份工作，所以我還是想從外場服務人員做起。可能有人會問我，我已經畢業了，為什麼還要做很平常的外場服務人員呢？我想打工跟正式的工作還是不太一樣，就從我已經有一些經驗的工作開始，把我已經會的，馬上帶到工作上來，更重要的是認真學習新事物，一點一點讓自己做一名優秀的好員工，以後更有能力來做更多、更好的工作。希望　貴飯店可以給我這個機會，錄取我或讓我去面試，您一定會發現我就是最適合的人。謝謝！

範例二拼音：

Wǒ jiào Lín Jiāhuá, cóng yí ge hěn jiǎndān de jiātíng lái. Wǒ jiā zhǐyǒu fùmǔ gēn wǒ, suīrán méiyǒu xiōngdì jiěmèi, kěshì wǒ fùmǔ yìzhí yào wǒ zuò yí ge zuò shénme shì yǐqián, dōu yào xiān xiǎngxiǎng biérén de rén, suǒyǐ wǒ yǒu hěnduō hǎo péngyǒu. Wǒ fùmǔ dōu zài yínháng gōngzuò, zǒngshì hěn máng, zhǐyǒu zhōumò cái yǒu shíjiān gēn wǒ yìqǐ chīfàn, kàn diànshì, chūqù zǒuzǒu. Píngcháng wǒ huì zìjǐ qù lǚxíng, dǎ wǎngqiú, huàhuà, zuò hěnduō yǒuqù de shì, yě xǐhuān xuéxí xīn shìwù, shì ge hěn dúlì de rén.

Wǒ jīnnián liù yuè cóng Guólì Dìyī Cānlǚ Dàxué bìyè, gāozhōng niàn de shì Sīlì Yīngcái Zhōngxué cānlǚ kē, yě jiùshì shuō, wǒ cóng zhōngxué jiù duì cānlǚ gōngzuò fēicháng yǒu xìngqù, dàxué bìyè chéngjī yě fēicháng hǎo. Yīngyǔ shì wǒ niàn de zuì hǎo de yì kē, yīnwèi xiǎng yào zuò zhèyàng de gōngzuò, chángcháng fúwù wàiguó kèrén, Yīngwén dāngrán shì zuì zhòngyào de. Wǒ niàn de xì yǐjīng shì cānlǚ guǎnlǐ le, zàijiāshàng wǒ zài shètuán huódòng zhōng, zuò guò pēngrèn shè shèzhǎng hé cānlǚ fúwù shè shèyuán, suǒyǐ wǒ duì zhè fāngmiàn de shìqíng dōu hěn liǎojiě, rúguǒ qù shàngbān dehuà, dōu búbì cóng líng kāishǐ xué qǐ.

Yīnwèi bìyè yǐqián, jiù zhīdào yǐhòu yào zǒu cānlǚ gōngzuò de lù, suǒyǐ zài dàsān wǒ jiù kāishǐ dào Táiběi de dà fàndiàn hé cāntīng shíxí hé dǎgōng, xuéxí zuò fúwù shēng, diǎn cài, dàiwèi, fēn cài, zhuō biān fúwù gēn chúfáng qīngjié, duì wǒ lái shuō dōu fēicháng shóuxī, wǒ yě xuéxí dào zěnme fúwù bùtóng de kèrén, zuì zhòngyào de shì yídìng yào xiān nòng qīngchǔ kèrén de xūyào, zài gěi tāmen zuì hǎo de fúwù. Chúle gōngzuò jīngyàn, wǒ zài dàxué de shíhòu, búdàn yǐjīng kǎo guò TOEIC qī bǎi fēn le, érqiě yě kǎodào le Bǐng jí cānlǚ jìshù shì de zhèngzhào, diànnǎo fāngmiàn de nénglì yě búcuò, rúguǒ zài fúwù kèrén de shíhòu xūyào yòng dào diànnǎo, bǐrúshuō diǎn cài, suàn qián shénmede, wǒ wánquán méi wèntí.

Dàjiā dōu zhīdào guì fàndiàn shì Táiwān zuì yǒumíng de fàndiàn, měi nián dōu yǒu hěnduō wàiguó kèrén lái zhù, cāntīng de shēngyì hǎo de bùdéliǎo, érqiě yě hěn gāojí, wǒ juéde zài guì fàndiàn gōngzuò huì dài gěi wǒ hěnduō tèbié de jīngyàn. Yīnwèi zhè shì wǒ bìyè yǐhòu zhǎo de dì yī fèn gōngzuò, suǒyǐ wǒ háishì xiǎng cóng wàichǎng fúwù rényuán zuò qǐ. Kěnéng yǒurén huì wèn wǒ, wǒ yǐjīng bìyè le, wèishénme hái yào zuò hěn píngcháng de wàichǎng fúwù rényuán ne? Wǒ xiǎng dǎgōng gēn zhèngshì de gōngzuò háishì bú tài yíyàng, jiù cóng wǒ yǐjīng yǒu yìxiē jīngyàn de gōngzuò kāishǐ, bǎ wǒ yǐjīng huì de, mǎshàng dàidào gōngzuò shàng lái, gèng zhòngyào de shì rènzhēn xuéxí xīn shìwù, yìdiǎn yìdiǎn ràng zìjǐ zuò yì míng yōuxiù de hǎo yuángōng, yǐhòu gèng yǒu nénglì lái zuò gèng duō, gèng hǎo de gōngzuò. Xīwàng guì fàndiàn kěyǐ gěi wǒ zhè ge jīhuì, lùqǔ wǒ huò ràng wǒ qù miànshì, nín yídìng huì fāxiàn wǒ jiùshì zuì shìhé de rén. Xièxie!

● 請從上面的範例，找出下面每個問題的部分：

A. 她是誰？

_____

B. 她家有幾個人？關係怎麼樣？常常一起做什麼？

_____

_____

C. 她是個怎麼樣的人？喜歡做什麼？

_____

_____

D. 她是什麼學校畢業的？書念得怎麼樣？什麼課念得好？

_____

_____

E. 參加過什麼社團、活動、比賽？

_____

_____

F. 她有過什麼工作經驗？做些什麼事？

_____

_____

G. 從這些工作中，學到了什麼？

_____

_____

H. 有哪些專長、能力或證照？

_____

_____

I. 為什麼想要這份工作？要是錄取了，她會怎麼做？

_____

_____

J. 這家飯店為什麼要錄取他？對飯店有什麼好處？

_____

_____

生　詞

	生詞 （正體）	生詞 （簡體）	漢語拼音	詞性	英文解釋
1	文章	文章	wénzhāng	N	article / essay / writings

▶ 例：因為網路上就有很多有意思的文章了，所以現在看書的人比較少了。
Yīnwèi wǎnglù shàng jiù yǒu hěnduō yǒuyìsi de wénzhāng le, suǒyǐ xiànzài kànshū de rén bǐjiào shǎo le.

| 2 | 記錄 | 记录 | jìlù | V | to record |

▶ 例：有的人寫日記就是把每天發生過的事都記錄下來。
Yǒude rén xiě rìjì jiùshì bǎ měitiān fāshēng guò de shì dōu jìlù xiàlái.

| 3 | 經歷 | 经历 | jīnglì | V | to experience / to go through |

▶ 例：他的年紀雖然還很小，可是已經經歷過不少事了。
Tā de niánjì suīrán hái hěn xiǎo, kěshì yǐjīng jīnglì guò bùshǎo shì le.

| 4 | 段 | 段 | duàn | M | paragraph / (written) passage |

▶ 例：一篇好的中文文章，要寫四段。
Yì piān hǎo de Zhōngwén wénzhāng, yào xiě sì duàn.

| 5 | 家庭 | 家庭 | jiātíng | N | family / household |

▶ 例：華人以前大部分都是大家庭，家人都住在一起。
Huárén yǐqián dà bùfèn dōu shì dà jiātíng, jiārén dōu zhù zài yìqǐ.

| 6 | 個性 | 个性 | gèxìng | N | personality |

▶ 例：不容易生氣的人，個性一定很好嗎？
Bù róngyì shēngqì de rén, gèxìng yídìng hěn hǎo ma?

| 7 | 未來 | 未来 | wèilái | N | future |

▶ 例：老人總是說，要是不想讓未來的生活太辛苦，從小時候開始就要好好念書。
Lǎorén zǒngshì shuō, yàoshì bù xiǎng ràng wèilái de shēnghuó tài xīnkǔ, cóng xiǎo shíhòu kāishǐ jiù yào hǎohǎo niànshū.

| 8 | 錄取 | 录取 | lùqǔ | V | to enroll / to hire |

▶ 例：這次這家公司一共錄取了三位新員工。
Zhè cì zhè jiā gōngsī yígòng lùqǔ le sān wèi xīn yuángōng.

| 9 | 變成 | 变成 | biànchéng | Vpt | to change into / to turn into / to become |

▶ 例：天氣太熱，冰一會兒就變成了水。
Tiānqì tài rè, bīng yìhuǐr jiù biànchéng le shuǐ.

| 10 | 當 | 当 | dāng | V | to be / to act as |

▶ 例：我小時候常說長大以後想當醫生。
Wǒ xiǎo shíhòu cháng shuō zhǎngdà yǐhòu xiǎng dāng yīshēng.

| 11 | 報名 | 报名 | bàomíng | Vs-sep | to sign up / to register / to enroll |

▶ 例：要是你想參加這個比賽，請到辦公室去報名。
Yàoshì nǐ xiǎng cānjiā zhè ge bǐsài, qǐng dào bàngōngshì qù bàomíng.

| 12 | 成績 | 成绩 | chéngjī / chéngjì | N | grades / performance records |

▶ 例：小張這學期的成績很好，可以申請獎學金。
Xiǎo Zhāng zhè xuéqí de chéngjī hěn hǎo, kěyǐ shēnqǐng jiǎngxuéjīn.

| 13 | 速食 | 快餐 | sùshí / kuàicān | N | fast food |

▶ 例：有的人覺得吃速食很容易胖。
　　　Yǒude rén juéde chī sùshí hěn róngyì pàng.

| 14 | 櫃檯 | 柜台 | guìtái | N | sales counter / front desk |

▶ 例：我的第一份工作是在櫃檯接電話。
　　　Wǒ de dì yī fèn gōngzuò shì zài guìtái jiē diànhuà.

| 15 | 辛苦 | 辛苦 | xīnkǔ | Vs | hard / exhausting |

▶ 例：你覺得工作跟念書，哪一個比較辛苦？
　　　Nǐ juéde gōngzuò gēn niànshū, nǎ yí ge bǐjiào xīnkǔ?

| 16 | 志工 | 志愿者 | zhìgōng / zhìyuànzhě | N | volunteer |

▶ 例：現在有很多老人白天都去當志工，幫助別人。
　　　Xiànzài yǒu hěnduō lǎorén báitiān dōu qù dāng zhìgōng, bāngzhù biérén.

| 17 | 認真 | 认真 | rènzhēn | Vs | serious |

▶ 例：他總是很認真聽老師上課，所以成績一直都很好。
　　　Tā zǒngshì hěn rènzhēn tīng lǎoshī shàngkè, suǒyǐ chéngjī yìzhí dōu hěn hǎo.

| 18 | 優秀 | 优秀 | yōuxiù | Vs | outstanding / excellent |

▶ 例：王大明是我們班最優秀的學生，最適合當班長。
　　　Wáng Dàmíng shì wǒmen bān zuì yōuxiù de xuéshēng, zuì shìhé dāng bānzhǎng.

| 19 | 一分子 | 一分子 | yìfènzǐ | IE | a part of a class or group |

▶ 例：現在有越來越多人覺得貓跟狗也是家庭的一分子。
　　　Xiànzài yǒu yuèláiyuè duō rén juéde māo gēn gǒu yě shì jiātíng de yìfènzǐ.

20	事物	事物	shìwù	N	thing / object

▶ 例：世界上有什麼事物是不會改變的？
　　Shìjiè shàng yǒu shénme shìwù shì bú huì gǎibiàn de?

21	管理	管理	guǎnlǐ	V / N	to manage / management

▶ 例：旅館管理系學的就是怎麼管理旅館跟飯店的事。
　　Lǚguǎn guǎnlǐ xì xué de jiùshì zěnme guǎnlǐ lǚguǎn gēn fàndiàn de shì.

22	方面	方面	fāngmiàn	N	aspect / side

▶ 例：在我們家，錢這方面的事，都是媽媽來管理的。
　　Zài wǒmen jiā, qián zhè fāngmiàn de shì, dōu shì māma lái guǎnlǐ de.

23	熟悉	熟悉	shóuxī / shúxī / shúxì	Vs	to be familiar with / to know well

▶ 例：因為他在這裡住過兩年，所以對附近的事物都很熟悉。
　　Yīnwèi tā zài zhèlǐ zhù guò liǎng nián, suǒyǐ duì fùjìn de shìwù dōu hěn shóuxī.

24	高級	高级	gāojí	Vs	high level / high grade

▶ 例：他開的車是高級車，一輛要三百萬。
　　Tā kāi de chē shì gāojí chē, yí liàng yào sān bǎi wàn.

25	適合	适合	shìhé	Vs	to fit / to suit

▶ 例：他學中文學得很好，很適合做跟中文有關係的工作。
　　Tā xué Zhōngwén xué de hěn hǎo, hěn shìhé zuò gēn Zhōngwén yǒu guānxi de gōngzuò.

三　句　型

句型 (正體)	句型 (簡體)	漢語拼音	英文解釋
不但……而且……	不但……而且……	búdàn…érqiě…	not only…, but also…

■ 例：我不但會說英文，而且還會說中文和日文。
　　　Wǒ búdàn huì shuō Yīngwén, érqiě hái huì shuō Zhōngwén hé Rìwén.

■ 例：今天不但下雨了，而且很冷，我好像要感冒了。
　　　Jīntiān búdàn xiàyǔ le, érqiě hěn lěng, wǒ hǎoxiàng yào gǎnmào le.

練習一：我還不想買新手機，因為新手機＿＿＿＿＿＿＿＿＿＿＿，
　　　　＿＿＿＿＿＿＿＿＿＿＿＿＿＿＿＿＿，所以再等等吧！

練習二：A：暑假你想出國旅行嗎？
　　　　B：＿＿＿＿＿＿＿＿＿＿＿＿＿＿＿＿＿＿＿＿＿＿。

比如說	比如说	bǐrúshuō	for example

■ 例：去旅行前應該要準備一些東西，比如說衣服和藥。
　　　Qù lǚxíng qián yīnggāi yào zhǔnbèi yìxiē dōngxi, bǐrúshuō yīfú hé yào.

■ 例：有的中文字很難說得很清楚，比如說一跟七、四跟十。
　　　Yǒude Zhōngwén zì hěn nán shuō de hěn qīngchǔ, bǐrúshuō yī gēn qī, sì gēn shí.

練習一：我對很多事都很有興趣，＿＿＿＿＿＿＿＿＿＿＿＿＿＿。

練習二：A：你覺得台灣有哪些好玩的地方？
　　　　B：＿＿＿＿＿＿＿＿＿＿＿＿＿＿＿＿＿＿＿＿。

| 再加上 | 再加上 | zàijiāshàng... | furthermore.../ in addition to... |

■ 例：今天的功課很多，再加上我有一點不舒服，就不跟你出去玩了。
Jīntiān de gōngkè hěn duō, zàijiāshàng wǒ yǒu yìdiǎn bù shūfú, jiù bù gēn nǐ chūqù wán le.

■ 例：他最近吃得比較少，再加上每天都運動，所以瘦了。
Tā zuìjìn chī de bǐjiào shǎo, zàijiāshàng měitiān doū yùndòng, suǒyǐ shòu le.

練習一：我想搬家，因為離學校有一點遠，＿＿＿＿＿＿＿＿＿＿＿，所以我覺得應該找新的地方了。

練習二：A：你為什麼不去那家餐廳吃飯了？

　　　　B：＿＿＿＿＿＿＿＿＿＿＿＿＿＿＿＿＿＿＿。

| 雖然……但（是）…… | 虽然……但（是）…… | suīrán...dànshì... | however/ although... |

■ 例：我雖然不認識他，但是見過他兩次。
Wǒ suīrán bú rènshì tā, dànshì jiàn guò tā liǎng cì.

■ 例：雖然你不喜歡他，但我跟他是好朋友。
Suīrán nǐ bù xǐhuān tā, dànshì wǒ gēn tā shì hǎo péngyǒu.

練習一：雖然＿＿＿＿＿＿＿＿＿＿，但是 ＿＿＿＿＿＿＿＿＿＿。

練習二：A：住宿舍很便宜，你為什麼不想住了？

　　　　B：＿＿＿＿＿＿＿＿＿＿＿＿＿＿＿＿＿＿＿。

| 也就是說 | 也就是说 | yě jiùshì shuō | that is to say |

例：他這學期的成績沒有 90 分，也就是說他拿不到獎學金了。
Tā zhè xuéqí de chéngjī méiyǒu jiǔshí fēn, yě jiùshì shuō
tā ná bú dào jiǎngxuéjīn le.

例：想畢業不容易，也就是說，你一定要用功。
Xiǎng bìyè bù róngyì, yě jiùshì shuō, nǐ yídìng yào yònggōng.

練習一：老闆說只買一個就不能算便宜，＿＿＿＿＿＿＿＿＿＿＿＿。

練習二：A：我不想再用這台舊電腦了。

　　　　　B：＿＿＿＿＿＿＿＿＿＿＿＿＿＿＿＿＿＿。

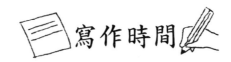

寫作時間

小任務

請給學校寫一篇申請大學的自傳。

● 裡面要有四件事：1. 家庭和個性興趣。

　　　　　　　　　　2. 學歷和學校生活。

　　　　　　　　　　3. 經歷和能力專長。

　　　　　　　　　　4. 未來和希望錄取。

● 請寫 800-1000 字。

_____

_____

_____

_____

_____

_____

_____

_____

_____

請給公司寫一篇找工作的自傳。

- 裡面要有四件事：1. 家庭和個性興趣。
  - 2. 學歷和學校生活。
  - 3. 經歷和能力專長。
  - 4. 未來和希望錄取。

- 請寫 800-1000 字。

小叮嚀

1. 履歷表跟自傳很像，可是自傳最重要的是用一篇文章好好介紹你自己，在履歷表裡說不清楚的，可以在自傳裡寫清楚，讓學校或是公司很快就能知道你是怎麼樣的人。

2. 自傳的字數太少，會讓別人覺得學歷跟經歷都不夠。字數太多，又會讓別人不想看下去，所以最好寫 800-1000 字，選最重要的部分說就可以了，說得太多也會讓人覺得很亂。

掃我有更多內容哦！

第八課

寫讀書計畫

動動腦

① 什麼是讀書計畫？

- 「讀書計畫」是在申請學校或居留證的時候，讓學校或政府知道你為什麼要來念書？會怎麼在這裡把書念完的文章。
- 讀書：念書。

  計畫：想好什麼時間要做什麼事、怎麼做。

- 為什麼要寫讀書計畫？（學校或政府想從讀書計畫裡知道什麼？）

  ☐ 你會去打工

  ☐ 為什麼要留在台灣念書？

  ☐ 要申請什麼學校？念什麼科系？

  ☐ 你已經準備好了，也會把書念好

  ☐ 在念書的時間裡，你想做哪些事？

  ☐ _____

- 可以在裡面寫什麼？

  ☐ 介紹自己

  ☐ 想在這裡學些什麼？

  ☐ 為什麼喜歡這個學校、這個系或研究所？

  ☐ 想在這裡找男女朋友

  ☐ 在這裡念書的時候想上哪些課？做哪些事？

  ☐ 想在學校參加什麼社團？

  ☐ 念完書以後，想做什麼事？

  ☐ _____

- 什麼時候可以用？

  ☐ 找工作的時候

  ☐ 申請學校的時候

  ☐ 辦居留證的時候

  ☐ 認識朋友的時候

  ☐ _____

  ☐ _____

- 寫的時候應該注意什麼？　　　　　● 讀書計畫是很正式的嗎？

  ☐ 不是真的也可以寫　　☐ 隨便寫沒關係　　☐ 是

  ☐ 可以自己用手寫　　　☐ 寫錯字沒關係　　☐ 不是

  ☐ 可以用電腦打字　　　☐ 要跟著發生時間的前後寫

② 應該寫什麼？

- 申請學校用的跟辦居留證用的寫法不
  太一樣，可是在開始的時候，都應該
  先簡單地介紹一下自己。

- 申請學校用的，可以有三種寫法：

  A.用近期、中期、遠期來分。

  B.用念書的時候會做的事來分。

  C.用念書的時間來分。

- 申請居留證用的，可以寫：

  A.你已經學過了什麼？

  B.後面你還希望能多學到什麼？

  C.學完以後，你想做什麼？

動動手

一、請給學校寫一篇申請學校的讀書計畫：用近期、中期、遠期來分。

> 想一想

- 第一段：介紹一下你自己。

  ☐ 你是誰？
  ☐ 從哪裡來？原來在哪裡念書？
  ☐ 來台灣多久了？
  ☐ 為什麼想在這所學校念書？
  ☐ ＿＿＿＿＿＿＿＿＿＿＿＿＿
  ☐ ＿＿＿＿＿＿＿＿＿＿＿＿＿

- 第二段：你的計畫。

近期：進這所學校以前，你打算做什麼？或是你已經做了什麼？

  ☐ 學習跟要念的書有關係的事，比如說：語言、電腦……
  ☐ 打工：讓自己有念書的錢或是工作經驗
  ☐ 自己先念一些入學以後會念到的書
  ☐ 先學入學可能要會做的事
  ☐ 旅行：讓自己多認識世界
  ☐ ＿＿＿＿＿＿＿＿＿＿＿＿＿
  ☐ ＿＿＿＿＿＿＿＿＿＿＿＿＿

中期：進了學校以後，在學期間，你打算做什麼？

☐ 用功念書，申請獎學金   ☐ 申請輔系，學別的專長

☐ 做哪方面的研究   ☐ 去別的國家做交換學生

☐ 打工或是實習   ☐ 參加系上或是學校的活動

☐ 參加校內、校外的比賽   ☐ _____

☐ _____   ☐ _____

遠期：畢業以後，你打算做什麼？

☐ 還要再念書（留在台灣還是去別的國家？）

☐ 工作：留在台灣還是回國工作？

☐ 結婚、有家庭

☐ _____

☐ _____

- **第三段：希望錄取和感謝。**

  ☐ 你的計畫能幫你把書念完

  ☐ 希望能錄取

  ☐ 感謝的話

怎麼寫▶

讀書計畫

　　我叫陳天才，是越南人，高中是在河內（Hanoi）念完的。我是一年前來台灣的，現在在國立進步大學的華語中心學中文。來台灣以後，越來越喜歡台灣，就想留在這裡念大學了。　貴校有我最喜歡的餐旅管理系，我對　貴校的課非常有興趣，所以想申請，以下是我的讀書計畫：

一、近期：

　　如果能進　貴校念書，我會在這幾個月更努力學中文，認真練習聽、說、讀、寫，讓我的能力變得更好。

二、中期：

1. 大學一、二年級的時候，除了認真學習必修課以外，還會參加英文和日文的證照考試，為畢業和找工作做準備。

2. 大學三、四年級的時候，我會利用暑假去餐廳或旅館實習，也會到美語或日語補習班打工，多一些工作經驗。

3. 社團方面，我想參加做志工服務的社團，因為我相信幫助別人最後得到最多的會是自己。

三、遠期：

　　大學畢業後，我想馬上去工作，或是再去別的國家留學，讓我更有語言能力，還有打開眼睛，看更不一樣的世界。

　　希望　貴校能給我實現夢想的機會，我一定按照計畫把書念好，做一個優秀的好學生，謝謝。

範例一拼音：

Dúshū jìhuà

Wǒ jiào Chén Tiāncái, shì Yuènán rén, gāozhōng shì zài Hé'nèi niàn wán de. Wǒ shì yì nián qián lái Táiwān de, xiànzài zài Guólì Jìnbù Dàxué de Huáyǔ zhōngxīn xué Zhōngwén. Lái Táiwān yǐhòu, yuèláiyuè xǐhuān Táiwān, jiù xiǎng liú zài zhèlǐ niàn dàxué le. Guìxiào yǒu wǒ zuì xǐhuān de cānlǚ guǎnlǐ xì, wǒ duì guìxiào de kè fēicháng yǒu xìngqù, suǒyǐ xiǎng shēnqǐng, yǐxià shì wǒ de dúshū jìhuà:

Yī, jìnqí:

Rúguǒ néng jìn guìxiào niànshū, wǒ huì zài zhè jǐ ge yuè gèng nǔlì xué Zhōngwén, rènzhēn liànxí tīng, shuō, dú, xiě, ràng wǒ de nénglì biànde gèng hǎo.

Èr, zhōngqí:

1. Dàxué yī, èr niánjí de shíhòu, chúle rènzhēn xuéxí bìxiū kè yǐwài, hái huì cānjiā Yīngwén hé Rìwén de zhèngzhào kǎoshì, wèi bìyè hé zhǎo gōngzuò zuò zhǔnbèi.
2. Dàxué sān, sì niánjí de shíhòu, wǒ huì lìyòng shǔjià qù cāntīng huò lǚguǎn shíxí, yě huì dào Měiyǔ huò Rìyǔ bǔxíbān dǎgōng, duō yìxiē gōngzuò jīngyàn.
3. Shètuán fāngmiàn, wǒ xiǎng cānjiā zuò zhìgōng fúwù de shètuán, yīnwèi wǒ xiāngxìn bāngzhù biérén zuìhòu dédào zuìduō de huì shì zìjǐ.

Sān, yuǎnqí:

Dàxué bìyè hòu, wǒ xiǎng mǎshàng qù gōngzuò, huòshì zài qù biéde guójiā liúxué, ràng wǒ gèng yǒu yǔyán nénglì, háiyǒu dǎkāi yǎnjīng, kàn gèng bù yíyàng de shìjiè.

Xīwàng guìxiào néng gěi wǒ shíxiàn mèngxiǎng de jīhuì, wǒ yídìng ànzhào jìhuà bǎ shū niàn hǎo, zuò yí ge yōuxiù de hǎo xuéshēng, xièxie.

● 請從上面的範例，找出下面每個問題的部分：

A. 他是誰？
_____

B. 他是哪國人？高中是在哪裡念的？
_____
_____

C. 他是什麼時候來台灣的？現在在做什麼？
_____
_____

D. 他為什麼要在台灣念大學？他想念什麼系？
_____
_____

E. 他近期有什麼計畫？
_____
_____

F. 中期呢？
_____
_____

G. 遠期呢？
_____
_____

H. 他對申請這所大學有什麼希望？
_____
_____

I. 進了大學以後，他會怎麼做一個好學生？
_____
_____

二、請給學校寫一篇申請學校的讀書計畫：用念書的時候會做的事來分。

想一想

- 第一段：介紹一下你自己。

  □ 你是誰？　　　□ 從哪裡來？原來在哪裡念書？
  □ 來台灣多久了？　□ 為什麼想在這所學校念書？
  □ _____
  □ _____

- 第二段：你的計畫。

  　　先寫在學校裡應該做的事，再寫別的想做的事，關係不一樣的事不能寫在同一段裡。

  專業課程：在學期間要上哪些課？

  □ 必修課有哪些？
  □ 選修課有哪些？
  □ 還有什麼會選的課？
  □ _____
  □ _____

  校內活動：在學期間想參加哪些學校裡的活動？

  □ 社團
  □ 系上活動
  □ 學校比賽或活動
  □ 實習機會
  □ _____
  □ _____

校外活動：在學期間想參加哪些學校外面的活動？

☐ 比賽

☐ 營隊

☐ 打工

☐ 研討會

☐ _____

☐ _____

專業能力：在學期間會學習什麼專長或是做什麼和專業能力有
關係的事？

☐ 語言

☐ 電腦

☐ 考專業證照

☐ _____

☐ _____

● 第三段：希望錄取和感謝。

☐ 你的計畫能幫你把書念完

☐ 希望能錄取

☐ 感謝的話

怎麼寫

範例二

讀書計畫

　　我叫馬有禮，是墨西哥（Mexico）人，從墨西哥的墨西哥大學畢業。我是兩年前來台灣的，現在在書香大學的語言中心學中文，因為想在台灣念研究所。　貴校有我最喜歡的國際企業學系研究所碩士班，我會在這幾個月更努力學中文，也要利用這段時間，看一些行銷、管理的中文書，讓我在研究所上課的時候，可以聽得懂老師說的話。以下是我的讀書計畫：

一、專業課程：

　　碩一我會先選必修課，特別是管理跟投資方面的課，這對我來說，可能是比較容易的。碩二我會多上一些跟行銷和經濟有關係的課，並且開始找論文題目。因為我的中文沒有那麼好，所以我可能需要三年或是更多時間才能畢業。

二、校內活動：

　　如果學校有中文或是企業管理方面的活動，比如說中文演講比賽、企業管理營隊，我會找時間去參加。這樣不但可以提高我的中文和專業能力，而且可以認識更多朋友，對我會有很大的幫助。

三、校外活動：

　　我會參加各種企業管理的研討會，多聽別人研究了什麼。如果可以，我也會試著多發表論文。

四、專業能力

　　我會去找電子商務公司實習，希望可以學到行銷、管理的經驗，幫助我做研究和寫論文的時候，會有更多資料跟想法。我也會準備英文和中文的考試，有很高的語言能力，以後更可以做一個很棒的國際企業經理人。

　　希望　貴校能給我實現夢想的機會，我一定按照計畫把書念好、寫好論文，早一點拿到學位，謝謝。

範例二拼音：

Dúshū jìhuà

Wǒ jiào Mǎ Yǒulǐ, shì Mòxīgē rén, cóng Mòxīgē de Mòxīgē Dàxué bìyè. Wǒ shì liǎng nián qián lái Táiwān de, xiànzài zài Shūxiāng Dàxué de yǔyán zhōngxīn xué Zhōngwén, yīnwèi xiǎng zài Táiwān niàn yánjiùsuǒ. Guìxiào yǒu wǒ zuì xǐhuān de guójì qìyè xuéxì yánjiùsuǒ shuòshì bān, wǒ huì zài zhè jǐ ge yuè gèng nǔlì xué Zhōngwén, yě yào lìyòng zhè duàn shíjiān, kàn yìxiē xíngxiāo, guǎnlǐ de Zhōngwén shū, ràng wǒ zài yánjiùsuǒ shàngkè de shíhòu, kěyǐ tīng de dǒng lǎoshī shuō de huà. Yǐxià shì wǒ de dúshū jìhuà:

Yī, zhuānyè kèchéng:

Shuòyī wǒ huì xiān xuǎn bìxiū kè, tèbié shì guǎnlǐ gēn tóuzī fāngmiàn de kè, zhè duì wǒ lái shuō, kěnéng shì bǐjiào róngyì de. Shuòèr wǒ huì duō shàng yìxiē gēn xíngxiāo hé jīngjì yǒu guānxi de kè, bìngqiě kāishǐ zhǎo lùnwén tímù. Yīnwèi wǒ de Zhōngwén méiyǒu nàme hǎo, suǒyǐ wǒ kěnéng xūyào sān nián huòshì gèng duō shíjiān cái néng bìyè.

Èr, xiàonèi huódòng:

Rúguǒ xuéxiào yǒu Zhōngwén huòshì qìyè guǎnlǐ fāngmiàn de huódòng, bǐrúshuō Zhōngwén yǎnjiǎng bǐsài, qìyè guǎnlǐ yíngduì, wǒ huì zhǎo shíjiān qù cānjiā. Zhèyàng búdàn kěyǐ tígāo wǒ de Zhōngwén hé zhuānyè nénglì, érqiě kěyǐ rènshi gèng duō péngyǒu, duì wǒ huì yǒu hěn dà de bāngzhù.

Sān, xiàowài huódòng:

Wǒ huì cānjiā gèzhǒng qìyè guǎnlǐ de yántǎohuì, duō tīng biérén yánjiù le shénme. Rúguǒ kěyǐ, wǒ yě huì shì zhe duō fābiǎo lùnwén.

Sì, zhuānyè nénglì

Wǒ huì qù zhǎo diànzǐ shāngwù gōngsī shíxí, xīwàng kěyǐ xuédào xíngxiāo, guǎnlǐ, fǎlǜ…de jīngyàn, bāngzhù wǒ zuò yánjiù hé xiě lùnwén de shíhòu, huì yǒu gèng duō zīliào gēn xiǎngfǎ, xīwàng yǐhòu kěyǐ zuò yí ge hěn hǎo de guǎnlǐ rén. Wǒ yě huì zhǔnbèi Yīngwén hé Zhōngwén de kǎoshì, yǒu hěn gāo de yǔyán nénglì, yǐhòu gèng kěyǐ zuò yí ge hěn bàng de guójì qìyè jīnglǐ rén.

Xīwàng guìxiào néng gěi wǒ shíxiàn mèngxiǎng de jīhuì, wǒ yídìng ànzhào jìhuà bǎ shū niàn hǎo, xiě hǎo lùnwén, zǎo yìdiǎn nádào xuéwèi, xièxie.

● 請從上面的範例，找出下面每個問題的部分：

A. 他是誰？

_____

B. 他是哪國人？高中是在哪裡念的？

_____

_____

C. 他是什麼時候來台灣的？現在在做什麼？

_____

_____

D. 他為什麼要在台灣念研究所？他想念什麼？

_____

_____

E. 他想怎麼選專業課程？

_____

_____

F. 他會參加什麼校內活動？

_____

_____

G. 校外活動呢？

_____

_____

H. 他要怎麼提高專業能力？

_____

_____

I. 進了研究所以後，他會怎麼做一個好學生？

_____

_____

三、請給學校寫一篇申請念四年大學的讀書計畫：用念書的時間來分。

想一想

• 第一段：介紹一下你自己。

☐ 你是誰？　☐ 從哪裡來？原來在哪裡念書？
☐ 來台灣多久了？　☐ 為什麼想在這所學校念書？
☐ _____
☐ _____

• 第二段：你的計畫。

大一：要上哪些課？

☐ 必修課有哪些？
☐ 選修課有哪些？
☐ 還有什麼會選的課、想做的事？
☐ 希望有的能力
☐ _____
☐ _____

大二：

☐ 必修課有哪些？
☐ 選修課有哪些？
☐ 還有什麼會選的課、想做的事？
☐ 希望有的能力
☐ _____
☐ _____

大三：

☐ 必修課有哪些？

☐ 選修課有哪些？

☐ 還有什麼會選的課、想做的事？

☐ 希望有的能力

☐ _____

☐ _____

大四：

☐ 必修課有哪些？

☐ 選修課有哪些？

☐ 還有什麼會選的課、想做的事？

☐ 希望有的能力

☐ 畢業的準備和對以後的打算

☐ _____

☐ _____

● **第三段：希望錄取和感謝。**

☐ 你的計畫能幫你把書念完

☐ 希望能錄取

☐ 感謝的話

怎麼寫 ▶

讀書計畫

　　我叫陳天才，是越南人，高中是在河內念完的。我是一年前來台灣的，現在在國立進步大學的華語中心學中文。來台灣以後，越來越喜歡台灣，就想留在這裡念大學了。　貴校有我最喜歡的餐旅管理系，我對　貴校的課非常有興趣，所以想申請，以下是我的讀書計畫：

一、大一：

　　我會先念好英文、中文和必修課，像是跟餐旅服務有關係的，然後參加學校的實習活動。因為是第一年，我想先認識學校的環境，所以不要有太多別的事情。

二、大二：

　　這時候必修課我想多學西餐方面和經濟學的事情，從課表來看，這也是大二最重要的課。如果經過一年，我的能力可以，我想申請英文輔系，因為做餐旅管理，英文一定要好。

三、大三：

　　這一年我要努力的是行銷管理和文化方面的課，再加上我本來就會說日文，所以還要參加英文和日文的證照考試。有空的時候，去餐廳跟旅館打打工，多一些工作經驗；也要跟志工服務的社團去幫助別人，並且練習中文。

四、大四

　　這是大學的最後一年，除了該上的課，我還要準備考研究所。我對餐旅管理特別有興趣，覺得念四年不夠，應該要再留下來念研究所。可是我也要一邊找工作，一邊準備考試，因為如果我的錢不夠，可能先工作一段時間再念研究所比較好。

　　希望　貴校能給我實現夢想的機會，我一定按照計畫把書念好，做一個優秀的好學生，謝謝。

範例三拼音：

Dúshū jìhuà

　　Wǒ jiào Chén Tiāncái, shì Yuènán rén, gāozhōng shì zài Hé'nèi niàn wán de. Wǒ shì yì nián qián lái Táiwān de, xiànzài zài Guólì Jìnbù Dàxué de Huáyǔ zhōngxīn xué Zhōngwén. Lái Táiwān yǐhòu, yuèláiyuè xǐhuān Táiwān, jiù xiǎng liú zài zhèlǐ niàn dàxué le. Guìxiào yǒu wǒ zuì xǐhuān de cānlǚ guǎnlǐ xì, wǒ duì guìxiào de kè fēicháng yǒu xìngqù, suǒyǐ xiǎng shēnqǐng, yǐxià shì wǒ de dúshū jìhuà:

Yī, dàyī:

　　Wǒ huì xiān niàn hǎo Yīngwén, Zhōngwén hé bìxiū kè, xiàngshì gēn cānlǚ fúwù yǒu guānxi de, ránhòu cānjiā xuéxiào de shíxí huódòng. Yīnwèi shì dì yī nián, wǒ xiǎng xiān rènshì xuéxiào de huánjìng, suǒyǐ búyào yǒu tài duō biéde shìqíng.

Èr, dàèr:

　　Zhè shíhòu bìxiū kè wǒ xiǎng duō xué xīcān fāngmiàn hé jīngjì xué de shìqíng, cóng kèbiǎo lái kàn, zhè yě shì dàèr zuì zhòngyào de kè. Rúguǒ jīngguò yì nián, wǒ de nénglì kěyǐ, wǒ xiǎng shēnqǐng Yīngwén fùxì, yīnwèi zuò cānlǚ guǎnlǐ, Yīngwén yídìng yào hǎo.

Sān, dàsān:

　　Zhè yì nián wǒ yào nǔlì de shì xíngxiāo guǎnlǐ hé wénhuà fāngmiàn de kè, zàijiāshàng wǒ běnlái jiù huì shuō Rìwén, suǒyǐ hái yào cānjiā Yīngwén hé Rìwén de zhèngzhào kǎoshì. Yǒu kòng de shíhòu, qù cāntīng gēn lǚguǎn dǎdǎ gōng, duō yìxiē gōngzuò jīngyàn; yě yào gēn zhìgōng fúwù de shètuán qù bāngzhù biérén, bìngqiě liànxí Zhōngwén.

Sì, dàsì:

　　Zhè shì dàxué de zuìhòu yì nián, chúle gāi shàng de kè, wǒ hái yào zhǔnbèi kǎo yánjiùsuǒ. Wǒ duì cānlǚ guǎnlǐ tèbié yǒu xìngqù, juéde niàn sì nián búgòu, yīnggāi yào zài liú xiàlái niàn yánjiùsuǒ. Kěshì wǒ yě yào yìbiān zhǎo gōngzuò, yìbiān zhǔnbèi kǎoshì, yīnwèi rúguǒ wǒ de qián búgòu, kěnéng xiān gōngzuò yí duàn shíjiān zài niàn yánjiùsuǒ bǐjiào hǎo.

　　Xīwàng guìxiào néng gěi wǒ shíxiàn mèngxiǎng de jīhuì, wǒ yídìng ànzhào jìhuà bǎ shū niàn hǎo, zuò yí ge yōuxiù de hǎo xuéshēng, xièxie.

● 請從上面的範例，找出下面每個問題的部分：

　A. 他是誰？

　　_____

　B. 他是哪國人？高中是在哪裡念的？

　　_____

　C. 他是什麼時候來台灣的？現在在做什麼？

　　_____

　D. 他為什麼要在台灣念大學？他想念什麼系？

　　_____

　E. 他大一有什麼計畫？

　　_____

　　_____

　F. 大二呢？

　　_____

　　_____

　G. 大三呢？

　　_____

　　_____

　H. 大四呢？

　　_____

　　_____

　I. 他對申請這所大學有什麼希望？

　　_____

　J. 進了大學以後，他會怎麼做一個好學生？

　　_____

四、請給移民署寫一篇申請居留證的讀書計畫。

想一想

- 第一段：介紹一下你自己。

  ☐ 你是誰？　　　　　　☐ 從哪裡來？
  ☐ 來台灣多久了？　　　☐ 現在在哪所學校學中文？
  ☐ 為什麼來台灣學中文？ ☐ 你想在台灣學多久的中文？
  ☐ ＿＿＿＿＿＿＿＿＿＿＿＿＿＿＿＿＿＿＿＿＿＿＿＿
  ☐ ＿＿＿＿＿＿＿＿＿＿＿＿＿＿＿＿＿＿＿＿＿＿＿＿

- 第二段：你的計畫。

  第一年　　　　　　　　　　第二年

  ☐ 你已經學到了什麼？　　☐ 希望再多學些什麼？
  ☐ 你覺得哪些很有意思？　☐ 想在台灣做的事？
  ☐ 哪些很難？　　　　　　☐ 學完以後有什麼打算？
  ☐ ＿＿＿＿＿＿＿＿＿＿　☐ ＿＿＿＿＿＿＿＿＿＿
  ☐ ＿＿＿＿＿＿＿＿＿＿　☐ ＿＿＿＿＿＿＿＿＿＿

- 第三段：希望錄取和感謝。

  ☐ 你的計畫能幫你把中文學好

  ☐ 希望能錄取

  ☐ 感謝的話

怎麼寫 ▶

讀書計畫

　　我叫班海妮，是法國人，我是四個月以前來台灣的，現在在國立進步大學華語中心上中文課。因為我在法國念大學的時候，認識了幾位台灣朋友，我聽他們說中文，我覺得中文很好聽，所以我就來台灣學中文了。

　　這四個月，我會說一點，也能聽一點中文了。看中國字有一點難，寫中國字最難。可是我們有很好的老師，他們都慢慢教我們，要我們多練習，給我們很多功課，所以我還是覺得學中文很有意思。我想在這裡兩年，第一年先會聽、會說，看跟寫慢一點沒關係。

　　第二年我要多練習寫中文，因為我要會用寫的辦法來說我的意思。我也想多認識台灣，所以我要去很多地方旅行，知道台灣人的文化是怎麼樣的。要是我的錢夠，我還想在這裡念研究所，因為我真的很喜歡台灣。

　　希望我可以拿到居留證，在這裡學中文，然後有很多朋友，以後可以念研究所，或是找到跟中文有關係的好工作，謝謝。

範例四拼音：

Dúshū jìhuà

　　Wǒ jiào Bān Hǎiní, shì Fǎguó rén, wǒ shì sì ge yuè yǐqián lái Táiwān de, xiànzài zài Guólì Jìnbù Dàxué Huáyǔ zhōngxīn shàng Zhōngwén kè. Yīnwèi wǒ zài Fǎguó niàn dàxué de shíhòu, rènshì le jǐ wèi Táiwān péngyǒu, wǒ tīng tāmen shuō Zhōngwén, wǒ juéde Zhōngwén hěn hǎotīng, suǒyǐ wǒ jiù lái Táiwān xué Zhōngwén le.

　　Zhè sì ge yuè, wǒ huì shuō yìdiǎn, yě néng tīng yìdiǎn Zhōngwén le. Kàn Zhōngguó zì yǒu yìdiǎn nán, xiě Zhōngguó zì zuì nán. Kěshì wǒmen yǒu hěn hǎo de lǎoshī, tāmen dōu mànmàn jiāo wǒmen, yào wǒmen duō liànxí, gěi wǒmen hěnduō gōngkè, suǒyǐ wǒ háishì juéde xué Zhōngwén hěn yǒuyìsi. Wǒ xiǎng zài zhèlǐ liǎng nián, dì yī nián xiān huì tīng, huì shuō, kàn gēn xiě màn yìdiǎn méi guānxi.

　　Dì èr nián wǒ yào duō liànxí xiě Zhōngwén, yīnwèi wǒ yào huì yòng xiě de bànfǎ lái shuō wǒ de yìsi. Wǒ yě xiǎng duō rènshì Táiwān, suǒyǐ wǒ yào qù hěnduō dìfāng lǚxíng, zhīdào Táiwān rén de wénhuà shì zěnmeyàng de. Yàoshì wǒ de qián gòu, wǒ hái xiǎng zài zhèlǐ niàn yánjiùsuǒ, yīnwèi wǒ zhēnde hěn xǐhuān Táiwān.

　　Xīwàng wǒ kěyǐ nádào jūliú zhèng, zài zhèlǐ xué Zhōngwén, ránhòu yǒu hěnduō péngyǒu, yǐhòu kěyǐ niàn yánjiùsuǒ, huòshì zhǎodào gēn Zhōngwén yǒu guānxi de hǎo gōngzuò, xièxie.

● 從上面的範例，找出下面每個問題的部分：

A. 她是誰？

_____

B. 她是哪國人？

_____

C. 她是什麼時候來台灣的？現在在做什麼？

_____

D. 她為什麼要在台灣？

_____

E. 她已經學到了什麼？

_____

_____

F. 她覺得什麼很難學？

_____

_____

G. 她第一年有什麼計畫？

_____

_____

H. 第二年呢？

_____

_____

I. 她為什麼想拿到居留證？

_____

J. 學完中文以後，她想做什麼？

_____

三 生 詞

	生詞 (正體)	生詞 (簡體)	漢語拼音	詞性	英文解釋
1	讀	读	dú	V	to read / to study

▶ 例：旁邊沒有人的時候，讀中文書可以讀出聲音來，比較容易記得。
　　Pángbiān méiyǒu rén de shíhòu, dú Zhōngwén shū kěyǐ dú chū shēngyīn lái, bǐjiào róngyì jìdé.

2	計畫	计划	jìhuà	V/N	to plan / plan

▶ 例：你的讀書計畫，計畫得很好，該做什麼都很清楚。
　　Nǐ de dúshū jìhuà, jìhuà de hěn hǎo, gāi zuò shénme dōu hěn qīngchǔ.

3	政府	政府	zhèngfǔ	N	government

▶ 例：王小姐在市政府工作了好幾年了。
　　Wáng xiǎojiě zài shì zhèngfǔ gōngzuò le hǎojǐ nián le.

4	入學	入学	rùxué	Vp-sep	to enter a school or college

▶ 例：他申請到了大學，今年九月入學。
　　Tā shēnqǐng dào le dàxué, jīnnián jiǔ yuè rùxué.

5	在學	在学	zàixué	V	attend school

▶ 例：我還是在學生，明年才會畢業。
　　Wǒ háishì zàixué shēng, míngnián cái huì bìyè.

6	期間	期间	qíjiān / qījiān	N	period of time / time

▶ 例：春節期間，很多餐廳都不開門。
　　Chūnjié qíjiān, hěn duō cāntīng dōu bù kāimén.

7	輔系	辅系	fǔxì	N	minor

▶ 例：我念的是中文系，英文系是輔系。
Wǒ niàn de shì Zhōngwén xì, Yīngwén xì shì fǔxì.

8	交換	交换	jiāohuàn	V	to exchange

▶ 例：我點錯了餐點，還好同學願意跟我交換，把他的給我吃了。
Wǒ diǎn cuò le cāndiǎn, háihǎo tóngxué yuànyì gēn wǒ jiāohuàn, bǎ tā de gěi wǒ chī le.

9	結婚	结婚	jiéhūn	Vp-sep	to marry / to get married

▶ 例：她畢業以後，就要跟男朋友結婚了。
Tā bìyè yǐhòu, jiù yào gēn nán péngyǒu jiéhūn le.

10	必修	必修	bìxiū	Vs-attr	a required course

▶ 例：這學期我的必修課一共有 12 個學分*。
Zhè xuéqí wǒ de bìxiū kè yígòng yǒu shí'èr ge xuéfēn.
*學分（xuéfēn）：academic credit

11	利用	利用	lìyòng	V	to use / to take advantage of

▶ 例：我想利用不上課的時間去飲料店打工。
Wǒ xiǎng lìyòng bú shàngkè de shíjiān qù yǐnliào diàn dǎgōng.

12	補習班	补习班	bǔxíbān	N	cram school

▶ 例：下課以後，你還去補習班補習*嗎？
Xiàkè yǐhòu, nǐ hái qù bǔxíbān bǔxí ma?
*補習（bǔxí）：take lessons after school

13	相信	相信	xiāngxìn	V	to believe

▶ 例：他說的都不是真的，不要相信。
Tā shuō de dōu búshì zhēnde, búyào xiāngxìn.

| 14 | 實現 | 实现 | shíxiàn | Vpt | to achieve / to bring about |

▶ 例：因為經濟出了問題，我的計畫恐怕不能實現了。
　　Yīnwèi jīngjì chū le wèntí, wǒ de jìhuà kǒngpà bùnéng shíxiàn le.

| 15 | 夢想 | 梦想 | mèngxiǎng | V/N | to dream of / dream |

▶ 例：有夢想就要去實現，不要只夢想自己會是怎麼樣的人。
　　Yǒu mèngxiǎng jiù yào qù shíxiàn, búyào zhǐ mèngxiǎng zìjǐ huì shì zěnmeyàng de rén.

| 16 | 專業 | 专业 | zhuānyè | Vs | specialized field / professional |

▶ 例：想做一個專業人員，就得考到證照。
　　Xiǎng zuò yí ge zhuānyè rényuán, jiù děi kǎodào zhèngzhào.

| 17 | 選修 | 选修 | xuǎnxiū | Vs-attr | optional course |

▶ 例：這學期我的選修課比必修課多。
　　Zhè xuéqí wǒ de xuǎnxiū kè bǐ bìxiū kè duō.

| 18 | 營隊 | 营队 | yíngduì | N | camp |

▶ 例：今年暑假，我要參加三個中文的營隊。
　　Jīnnián shǔjià, wǒ yào cānjiā sān ge Zhōngwén de yíngduì.

| 19 | 研討會 | 研讨会 | yántǎohuì | N | conference meeting |

▶ 例：這次的研討會有 20 個人要發表論文。
　　Zhè cì de yántǎohuì yǒu èrshí ge rén yào fābiǎo lùnwén.

| 20 | 國際 | 国际 | guójì | Vs-attr | international |

▶ 例：你對國際關係有沒有興趣？
　　Nǐ duì guójì guānxi yǒu méiyǒu xìngqù?

21	企業	企业	qìyè / qǐyè	N	company / enterprise

▶ 例：我只想在小企業工作，因為應該沒有在大企業那麼累。
Wǒ zhǐ xiǎng zài xiǎo qìyè gōngzuò, yīnwèi yīnggāi méiyǒu zài dà qìyè nàme lèi.

22	碩士	硕士	shuòshì	N	master's degree

▶ 例：念完碩士，你還想再念博士*嗎？
Niàn wán shuòshì, nǐ hái xiǎng zài niàn bóshì ma?
*博士（bóshì）：Ph. D.

23	行銷	营销	xíngxiāo / yíngxiāo	V/N	to sell / marketing

▶ 例：他們公司的運動鞋，能行銷到全世界去，是因為市場行銷做得很好。
Tāmen gōngsī de yùndòng xié, néng xíngxiāo dào quán shìjiè qù, shì yīnwèi shìchǎng xíngxiāo zuò de hěn hǎo.

24	投資	投资	tóuzī	V/N	to invest / investment

▶ 例：有人說最好的投資就是投資自己，多念書，拿高學歷。
Yǒurén shuō zuì hǎo de tóuzī jiùshì tóuzī zìjǐ, duō niànshū, ná gāo xuélì.

25	經濟	经济	jīngjì	Vs-attr / N	conomic / economy

▶ 例：只有家裡經濟不好的學生，才會去打工嗎？
Zhǐyǒu jiālǐ jīngjì bù hǎo de xuéshēng, cái huì qù dǎgōng ma?

26	論文	论文	lùnwén	N	paper / thesis / essay

▶ 例：你的碩士論文要研究什麼？
Nǐ de shuòshì lùnwén yào yánjiù shénme?

27	題目	题目	tímù	N	subject / title / topic

▶ 例：這次考試的題目太難，我考得不好。
Zhè cì kǎoshì de tímù tài nán, wǒ kǎo de bù hǎo.

| 28 | 發表 | 发表 | fābiǎo | V | to issue / to publish |

▶ 例：下個月，陳老師會發表一本新書。
　　Xià ge yuè, Chén lǎoshī huì fābiǎo yì běn xīnshū.

| 29 | 電子
商務 | 电子
商务 | diànzǐ
shāngwù | N | E-commerce |

▶ 例：電子商務只能在網路上行銷嗎？
　　Diànzǐ shāngwù zhǐ néng zài wǎnglù shàng xíngxiāo ma?

| 30 | 經理人 | 经理人 | jīnglǐ rén | N | manager |

▶ 例：在大企業做經理人，是很不容易的。
　　Zài dà qìyè zuò jīnglǐ rén, shì hěn bù róngyì de.

| 31 | 文化 | 文化 | wénhuà | N | culture |

▶ 例：學語言不學文化，一定學不好。
　　Xué yǔyán bù xué wénhuà, yídìng xué bù hǎo.

句 型

句型(正體)	句型(簡體)	漢語拼音	英文解釋
越來越……	越来越……	yuèláiyuè…	more and more …

例：天氣越來越熱，去海邊玩的人越來越多。
Tiānqì yuèláiyuè rè, qù hǎibiān wán de rén yuèláiyuè duō.

例：經過這幾個月，我越來越不怕說中文了。
Jīngguò zhè jǐ ge yuè, wǒ yuèláiyuè búpà shuō Zhōngwén le.

練習一：如果你都不運動，＿＿＿＿＿＿＿＿＿＿。

練習二：A：你為什麼想換工作了？
　　　　B：＿＿＿＿＿＿＿＿＿＿＿＿＿。

按照	按照	ànzhào	according to

例：這道菜我是按照書上說的辦法做的。
Zhè dào cài wǒ shì ànzhào shū shàng shuō de bànfǎ zuò de.

例：按照政府的計畫，這裡五年以後會有一座新機場。
Ànzhào zhèngfǔ de jìhuà, zhèlǐ wǔ nián yǐhòu huì yǒu yí zuò xīn jīchǎng.

練習一：有的孩子不喜歡聽父母的話，他們會＿＿＿＿＿來做事。

練習二：A：在台灣，幾歲可以開車？
　　　　B：＿＿＿＿＿＿＿＿＿＿＿＿＿。

| 並且 | 并且 | bìngqiě | and / besides / moreover / furthermore / in addition |

▌例：如果不能來上課，要通知老師，並且要填請假單。

Rúguǒ bùnéng lái shàngkè, yào tōngzhī lǎoshī, bìngqiě yào tián qǐngjià dān.

▌例：她走進屋子裡去，並且把門關上了。

Tā zǒu jìn wūzi lǐ qù, bìngqiě bǎ mén guānshàng le.

練習一：要去辦居留證的留學生，別忘了帶學生證，＿＿＿＿＿＿

＿＿＿＿＿＿＿＿＿＿＿＿＿＿＿＿＿＿＿＿＿＿＿＿＿＿。

練習二：A：你為什麼那麼喜歡到那裡去旅行？

　　　　B：＿＿＿＿＿＿＿＿＿＿＿＿＿＿＿＿＿＿＿＿＿。

| 一邊…… | 一边…… | yìbiān… | doing two things at the same time |
| 一邊…… | 一边…… | yìbiān… | |

▌例：她一邊洗衣服，一邊打電話給媽媽。

Tā yìbiān xǐ yīfú, yìbiān dǎ diànhuà gěi māma.

▌例：不可以一邊走路，一邊看手機。

Bù kěyǐ yìbiān zǒulù, yìbiān kàn shǒujī.

練習一：今天的功課太多了，只好＿＿＿＿＿＿＿＿＿＿＿＿，

＿＿＿＿＿＿＿＿＿＿＿＿＿＿＿＿＿＿＿＿＿＿＿＿＿。

練習二：A：大家一起高高興興地吃飯，你怎麼都不說話？

　　　　B：＿＿＿＿＿＿＿＿＿＿＿＿＿＿＿＿＿＿＿＿＿。

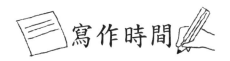

小任務

請給學校寫一份申請念大學的讀書計畫。

● 裡面要有六件事：1. 你想念什麼系？

2. 還沒進大學以前，你要做哪些事？

3. 這四年裡，你要上哪些課？

4. 這四年裡，你想參加哪些活動？做哪些事？

5. 畢業以後，你想做什麼？

6. 還要跟學校說什麼？

_____

_____

_____

_____

_____

_____

_____

_____

請給移民署寫一份申請居留證的讀書計畫。

● 裡面要有六件事：1. 你是誰？

　　　　　　　　　2. 現在在哪裡念書？念什麼書？

　　　　　　　　　3. 念書的時候，有哪些好事跟很難的事？

　　　　　　　　　4. 在台灣的時間裡，你想學些什麼？

　　　　　　　　　5. 念完書以後，你打算做什麼？

　　　　　　　　　6. 你希望移民署怎麼幫你？

_____

_____

_____

_____

_____

_____

_____

_____

_____

_____

_____

小叮嚀

1. 在寫申請學校的讀書計畫以前，要先知道這個系都學些什麼？要上哪些課？畢業後可以做什麼？需要什麼能力才能把這個系念好？寫的時候，你寫的事都要讓學校覺得你已經做好準備了，才容易錄取。

2. 有的學校會希望學生能用手寫讀書計畫，不要打字。他們是希望看到你的中文能力好不好，你可以用中文的稿紙（gǎozhǐ：draft paper）寫，書店就買得到。

掃我有更多內容哦！

第九課

申請獎助學金

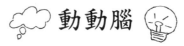

動動腦

1 什麼是獎助學金？

- 「獎助學金」是政府、學校、團體或個人，準備了一些錢，來送給認真念書或需要幫助的學生。可以再分成下面三種：

  A.「獎學金」：用來鼓勵認真念書、成績很好的學生的錢。

  　獎：鼓勵。

  　學：學習、念書。

  　金：錢。

  B.「助學金」：用來幫助家裡環境不好的好學生的錢。

  　助：幫助。

  　學：學習、念書。

  　金：錢。

  C.「獎助學金」：認真念書或需要幫助的學生都可以申請的錢。

- **誰能拿到獎助學金呢？**

  　　除了看成績、家裡的環境，有的看你是哪裡人，比如說「印尼獎學金」；有的看你是什麼身分，比如說「僑生獎學金」、「外籍生獎學金」。符合要求的學生，才能申請。

- 為什麼要申請獎助學金？

  ☐ 念書、生活需要錢

  ☐ 可以少用一點家裡的錢

  ☐ 不想去打工

  ☐ 鼓勵自己認真念書

  ☐ ＿＿＿＿＿＿＿＿＿＿

- 什麼時候可以用？

  ☐ 工作的時候

  ☐ 念書的時候

  ☐ 認識朋友的時候

  ☐ 出國念書、留學的時候

  ☐ ＿＿＿＿＿＿＿＿＿＿

- 可以在裡面寫什麼？

  ☐ 基本資料

  ☐ 學習成績

  ☐ 家裡有沒有錢

  ☐ 有過幾個男／女朋友

  ☐ ＿＿＿＿＿＿＿＿＿＿

  ☐ ＿＿＿＿＿＿＿＿＿＿

- 寫的時候應該注意什麼？

  ☐ 不是真的也可以寫

  ☐ 可以自己用手寫

  ☐ 可以用電腦打字

  ☐ 隨便寫沒關係

  ☐ 寫錯字沒關係

  ☐ ＿＿＿＿＿＿＿＿＿＿

- 申請獎助學金是很正式的事嗎？

  ☐ 是

  ☐ 不是

2 應該寫什麼？

基本資料

- ☐ 姓名
- ☐ 國籍
- ☐ 出生年月日
- ☐ 性別
- ☐ 學校、科系、年級
- ☐ 電子郵件
- ☐ 地址
- ☐ 手機號碼
- ☐ 照片（正式的大頭照）
- ☐ 郵局帳號
- ☐ ＿＿＿＿＿＿＿＿＿＿＿＿
- ☐ ＿＿＿＿＿＿＿＿＿＿＿＿
- ☐ ＿＿＿＿＿＿＿＿＿＿＿＿

在學校的成績

- ☐ 學業成績：上、下學期成績
- ☐ 平均分數
- ☐ 操行成績

老師的推薦（有的需要，有的不需要）

- ☐ 老師的姓名
- ☐ 老師的電話
- ☐ 老師要說的話
- ☐ 老師簽名蓋章

證明文件

- ☐ 成績單正本
- ☐ 學生證影（印）本
- ☐ 居留證影（印）本
- ☐ 護照影（印）本
- ☐ 自傳：簡單地介紹家庭環境的問題
- ☐ 清寒證明正本
- ☐ ＿＿＿＿＿＿＿＿＿＿＿＿
- ☐ ＿＿＿＿＿＿＿＿＿＿＿＿

動動手

一、請給學校寫一張獎學金申請表。

想一想

● 誰要申請？

_____

● 要寫哪些資料？

_____

_____

● 要準備哪些證明文件？

_____

_____

● 如果需要，要請哪位老師幫你推薦？

_____

怎麼寫

範例一

國立進步大學優秀學生獎學金申請表

姓名	金真真	國籍	韓國	
出生年月日	1994 年 5 月 2 日	性別	女	
系級	華語教學系一年級			

學業成績	上學期	85	操行成績	上學期	90
	下學期	82		下學期	90
	平均	84		平均	90

E-mail	kimzz0502@naver.com	手機	0912112112
通訊處	國立進步大學女一舍 307 室		
導師姓名	陳佳佳	導師聯絡電話	0937373733

推薦意見	我是陳佳佳老師，是金真真同學的導師。金真真來自韓國，是系上幹部，熱心服務，喜歡幫助別人。上課非常認真，課業表現優秀，是一位品學兼優的好學生。

匯款帳號 （附存摺影本）	☑ 郵局　　□ 銀行　　　　分行 存款帳號：0392568 0096750 戶　　名：金真真

其他獎學金	□ 有　　☑ 沒有		

審查意見	國際處		系主任	

需附證件	1. 學業及操行成績證明。 2. 學生證影本。 3. 自傳（最少 800 字）。

- 請從上面的範例，找出下面每個問題的部分：

  A. 她是誰？_____

  B. 她要申請什麼獎學金？_____

  C. 她是哪國人？生日是什麼時候？_____

  D. 她念什麼系？念幾年級？_____

  E. 她的成績怎麼樣？學業成績幾分？操行成績呢？

  _____

  _____

  F. 老師覺得她是怎麼樣的學生？

  _____

  _____

  G. 她需要交哪些證明文件給學校？

  _____

二、請寫一張清寒助學金申請表。

想一想

- 誰要申請？

  _____

- 要寫哪些資料？

  _____

  _____

- 如果需要，要請哪位老師幫你推薦？

  _____

- 要準備哪些證明文件？

  _____

  _____

怎麼寫

「法喜山基金會」清寒助學金申請表

姓名	張明功	國籍	馬來西亞	
出生年月日	2000 年 8 月 20 日	性別	男	
就讀學校	第一餐旅大學	系級	餐旅管理系三年級	

學業成績	上學期	86	操行成績	上學期	90
	下學期	88		下學期	90

E-mail	aabbaa@gmail.com		手機	0987878787
地址	第一餐旅大學男一舍 505 室			

家庭狀況(請簡述成員、職業或其他說明)	我叫張明功，家裡有六個人，父母跟一個弟弟、兩個妹妹，我是最大的孩子，現在在台灣念大學。父親因為年紀大，身體也不大好，已經退休了。母親開了一家小麵店，父親有時候會去幫幫忙。弟弟念高中一年級，一個妹妹念國中二年級，一個妹妹念國小六年級。 　　因為家裡只有母親能夠賺錢養家，還要照顧弟弟、妹妹，非常辛苦。我一個人在台灣念書，希望能自己照顧自己，為了讓父母不要那麼累，希望能夠申請到這筆獎學金，謝謝您。
申請人簽名	*張明功*
導師意見	張明功同學在學校上課認真，喜歡幫助別人，是一位品學兼優的好學生，家中經濟確實需要幫助，非常需要這筆獎學金。
審查意見	
需附證件	1. 學業及操行成績證明。　　2. 護照或身分證影本。 3. 學生證影本。　　　　　4. 自傳（1000 字）。 5. 清寒證明。

● 請從上面的範例，找出下面每個問題的部分：

A. 他是誰？_____

B. 他要申請什麼獎學金？_____

C. 他是哪國人？生日是什麼時候？_____

D. 他念什麼系？念幾年級？_____

E. 他的成績怎麼樣？學業成績幾分？操行成績呢？

　　_____

　　_____

F. 老師覺得他是怎麼樣的學生？

　　_____

　　_____

G. 他家裡的環境怎麼樣？為什麼需要這筆獎學金？

　　_____

　　_____

H. 他需要交哪些證明文件？

　　_____

　　_____

三、請寫一張僑生獎助學金申請表。

想一想

● 誰要申請？
_____

● 要寫哪些資料？
_____
_____

● 如果需要，要請哪位老師幫你推薦？
_____

● 要準備哪些證明文件？
_____

怎麼寫

範例三

人人文教基金會
「僑生獎助學金」申請表

姓名	王世清	
性別	男☑ 女☐	
出生日期	1999 年 12 月 25 日	
居留證號碼	HC12347859	
國籍	印尼	
學校 / 系級	國立高山大學英文系二年級	
在台地址	台北市大安區上進路 15-1 號 8 樓	
僑居地地址	Sana Tapos Buiding, 12th Floor, Jl. Hind Tudarman Kav 41, Jakarta, 22986, Indonesia	
電話 / 手機	電話：02-22566478　　手機：0989657858	
電子信箱	e-mail:shiqingwang999@hotmail.com	
其他獎助學金	☐ 有　　☑ 沒有	
需附證件	1. 學業和操行成績證明。　2. 護照和居留證影本。 3. 學生證影本。　4. 自傳（1000 字）。　5. 推薦函一封。	

● 從上面的範例，找出下面每個問題的部分：

A. 他是誰？＿＿＿＿＿＿＿＿＿＿＿＿＿＿＿＿＿＿＿＿

B. 他要申請什麼獎學金？＿＿＿＿＿＿＿＿＿＿＿＿＿＿

C. 他是哪國人？生日是什麼時候？＿＿＿＿＿＿＿＿＿

D. 他念什麼系？念幾年級？＿＿＿＿＿＿＿＿＿＿＿＿＿

E. 他為什麼可以申請這個獎學金？

＿＿＿＿＿＿＿＿＿＿＿＿＿＿＿＿＿＿＿＿＿＿＿＿＿

＿＿＿＿＿＿＿＿＿＿＿＿＿＿＿＿＿＿＿＿＿＿＿＿＿

F. 他需要交哪些證明文件？

＿＿＿＿＿＿＿＿＿＿＿＿＿＿＿＿＿＿＿＿＿＿＿＿＿

＿＿＿＿＿＿＿＿＿＿＿＿＿＿＿＿＿＿＿＿＿＿＿＿＿

四、請寫一張外國學生獎助學金申請表。

想一想

● 要寫哪些資料？

＿＿＿＿＿＿＿＿＿＿＿＿＿＿＿＿＿＿＿

＿＿＿＿＿＿＿＿＿＿＿＿＿＿＿＿＿＿＿

● 誰要申請？

＿＿＿＿＿＿＿＿＿

● 如果需要，要請哪
位老師幫你推薦？

＿＿＿＿＿＿＿＿＿

● 要準備哪些證明文件？

＿＿＿＿＿＿＿＿＿＿＿＿＿＿＿＿＿＿＿

＿＿＿＿＿＿＿＿＿＿＿＿＿＿＿＿＿＿＿

怎麼寫 ▶

範例四

國立進步大學外國學生獎助學金申請表

中文姓名	安珍妮	英文姓名	Jennifer Anderson
國籍	美國	科系	中文系
學號	109236721	學位	學士
電話	0926396258	電子郵件	lovechi6721@gmail.com
住址	國立進步大學女三舍 520 室		

☑ 我沒有其他台灣獎助學金

需要文件	☑ 獎助學金申請表 ☑ 成績單 ☑ 華語文能力測驗檢定第 B2 級 TOCFL level ☑ 華語課程證明 ☐ 其他證明
老師簽名	

簽名	*安珍妮*	申請日期	2020. 5. 5
審查單位			

- 請從上面的範例，找出下面每個問題的部分：

  A. 她是誰？ _____

  B. 她要申請什麼獎學金？ _____

  C. 她是哪國人？ _____

  D. 她念什麼系？念幾年級？ _____

  E. 她為什麼可以申請這個獎學金？

  _____

  _____

  F. 她需要交哪些證明文件？

  _____

  _____

生 詞

	生詞 （正體）	生詞 （簡體）	漢語拼音	詞性	英文解釋
1	團體	团体	tuántǐ	N	group / organization / team

▶ 例：你也愛動物，要不要來參加我們團體的活動？
　　Nǐ yě ài dòngwù, yào búyào lái cānjiā wǒmen tuántǐ de huódòng?

2	個人	个人	gèrén	N	oneself / individual

▶ 例：這是你個人的想法，還是你父母的想法？
　　Zhè shì nǐ gèrén de xiǎngfǎ, háishì nǐ fùmǔ de xiǎngfǎ?

3	鼓勵	鼓励	gǔlì	V/N	to encourage / encouragement

▶ 例：是陳老師鼓勵我去申請獎學金的，能得到這筆獎學金，對我來說是很大的鼓勵。
　　Shì Chén lǎoshī gǔlì wǒ qù shēnqǐng jiǎngxuéjīn de, néng dédào zhè bǐ jiǎngxuéjīn, duì wǒ lái shuō shì hěn dà de gǔlì.

4	身分	身分	shēnfèn	N	identity

▶ 例：我的身分是學生，在台灣的大學念研究所。
　　Wǒ de shēnfèn shì xuéshēng, zài Táiwān de dàxué niàn yánjiùsuǒ.

5	僑生	侨生	qiáoshēng	N	overseas Chinese student

▶ 例：在別的國家出生、長大的華人來台灣念書，可以說他是僑生。
　　Zài biéde guójiā chūshēng, zhǎngdà de Huárén lái Táiwān niànshū, kěyǐ shuō tā shì qiáoshēng.

| 6 | 符合 | 符合 | fúhé | V | meet / in accordance with |

▶ 例：我這次的功課不符合老師的要求，得再做一次。
　　Wǒ zhè cì de gōngkè bù fúhé lǎoshī de yāoqiú, děi zài zuò yí cì.

| 7 | 要求 | 要求 | yāoqiú | V/N | to request / to require / request / require / expectation |

▶ 例：父母不要求我一定要成績很好，可是我對自己的要求很高。
　　Fùmǔ bù yāoqiú wǒ yídìng yào chéngjī hěn hǎo, kěshì wǒ duì zìjǐ de yāoqiú hěn gāo.

| 8 | 學業 | 学业 | xuéyè | N | studies / schoolwork |

▶ 例：去打工一定會影響*學業嗎？
　　Qù dǎgōng yídìng huì yǐngxiǎng xuéyè ma?
　　*影響（yǐngxiǎng）：to influence

| 9 | 平均 | 平均 | píngjūn | Vs-attr | average |

▶ 例：聽說上、下學期學業的平均分數要 90 分，才可以申請獎學金。
　　Tīngshuō shàng, xià xuéqí xuéyè de píngjūn fēnshù yào jiǔ shí fēn, cái kěyǐ shēnqǐng jiǎngxuéjīn.

| 10 | 操行 | 操行 | cāoxìng | N | conduct grade |

▶ 例：操行不好，可是學業成績很好，還是好學生嗎？
　　Cāoxìng bù hǎo, kěshì xuéyè chéngjī hěn hǎo, háishì hǎo xuéshēng ma?

| 11 | 蓋章 | 盖章 | gài zhāng | Vp-sep | to stamp |

▶ 例：老師在我的申請表上蓋了一個章。
　　Lǎoshī zài wǒ de shēnqǐng biǎo shàng gài le yí ge zhāng.

12	正本	正本	zhèngběn	N	original documents

▶ 例：辦居留證需不需要看護照正本？
　　Bàn jūliú zhèng xū bù xūyào kàn hùzhào zhèngběn?

13	影（印）本	复印件	yǐng (yìn) běn / fùyìnjiàn	V	photocopy

▶ 例：審查的時候需要居留證影本，可是現在要先給辦公室看一下正本。
　　Shěnchá de shíhòu xūyào jūliú zhèng yǐngběn, kěshì xiànzài yào xiān gěi bàngōngshì kàn yíxià zhèngběn.

14	清寒	清寒	qīnghán	Vs	needy

▶ 例：他家是清寒家庭，念書的錢都是自己打工賺來的。
　　Tā jiā shì qīnghán jiātíng, niànshū de qián dōu shì zìjǐ dǎgōng zhuàn lái de.

15	導師	班主任	dǎoshī / bān zhǔrèn	N	form teacher

▶ 例：有生活上的問題可以跟導師約時間，找他談談。
　　Yǒu shēnghuó shàng de wèntí kěyǐ gēn dǎoshī yuē shíjiān, zhǎo tā tántan.

16	來自	来自	láizì	IE	to come from

▶ 例：中文的「沙拉」，來自英語的 salad。
　　Zhōngwén de "shālā", láizì Yīngyǔ de salad.

17	課業	课业	kèyè	N	lesson / schoolwork

▶ 例：華人父母常說課業最重要，所以孩子可以什麼都不用做。
　　Huárén fùmǔ cháng shuō kèyè zuì zhòngyào, suǒyǐ háizi kěyǐ shénme dōu búyòng zuò.

18	表現	表現	biǎoxiàn	V/N	to show / to display / show / display / performance

▷　例：老師說他最近的表現很好，他的臉上表現出非常高興的樣子來。

Lǎoshī shuō tā zuìjìn de biǎoxiàn hěn hǎo, tā de liǎn shàng biǎoxiàn chū fēicháng gāoxìng de yàngzi lái.

19	品學兼優	品学兼优	pǐn xué jiān yōu	IE	to excel in academic and conduct

▷　例：功課好、人也好、喜歡幫助別人，是品學兼優的好學生。

Gōngkè hǎo, rén yě hǎo, xǐhuān bāngzhù biérén, shì pǐn xué jiān yōu de hǎo xuéshēng.

20	審查	审查	shěnchá	V/N	to examine / to investigate / to censor out / censorship

▷　例：老師說學校正在審查我的獎助學金申請。通過審查了，才會把錢匯給我。

Lǎoshī shuō xuéxiào zhèng zài shěnchá wǒ de jiǎngzhùxuéjīn shēnqǐng. Tōngguò shěnchá le, cái huì bǎ qián huì gěi wǒ.

21	基金會	基金会	jījīnhuì	N	foundation

▷　例：這個基金會每年都幫助不少清寒學生把書念完。

Zhè ge jījīnhuì měinián dōu bāngzhù bùshǎo qīnghán xuéshēng bǎ shū niàn wán.

22	退休	退休	tuìxiū	Vpt	to retire

▷　例：你覺得65歲退休，會不會太晚？

Nǐ juéde liù shí wǔ suì tuìxiū, huì búhuì tài wǎn?

| 23 | 賺 | 賺 | zhuàn | V | to earn |

▶ 例：去年暑假我去飯店做服務生，賺了一點錢。
Qùnián shǔjià wǒ qù fàndiàn zuò fúwù shēng, zhuàn le yìdiǎn qián.

| 24 | 養 | 养 | yǎng | V | to raise |

▶ 例：有人說現在的人不喜歡生小孩，是因為養小孩很貴。
Yǒurén shuō xiànzài de rén bù xǐhuān shēng xiǎohái, shì yīnwèi yǎng xiǎohái hěn guì.

| 25 | 確實 | 确实 | quèshí | Adv | indeed / really |

▶ 例：從這張照片來看，你確實很像媽媽。
Cóng zhè zhāng zhàopiàn lái kàn, nǐ quèshí hěn xiàng māma.

| 26 | 筆 | 笔 | bǐ | M | measure word of big money / sum |

▶ 例：爸爸給了我一筆錢，讓我去買新電腦。
Bàba gěi le wǒ yì bǐ qián, ràng wǒ qù mǎi xīn diànnǎo.

| 27 | 僑居地 | 侨居地 | qiáojū dì | N | country of overseas residence |

▶ 例：他畢業以後，就要回到僑居地去找工作了。
Tā bìyè yǐhòu, jiù yào huí dào qiáojū dì qù zhǎo gōngzuò le.

| 28 | 推薦函 | 推荐函 | tuījiàn hán | N | recommendation letter |

▶ 例：應徵這份工作，需要兩封推薦函。
Yìngzhēng zhè fèn gōngzuò, xūyào liǎng fēng tuījiàn hán.

| 29 | 單位 | 单位 | dānwèi | N | work place / office |

▶ 例：請問你在學校的哪個單位上班？
Qǐngwèn nǐ zài xuéxiào de nǎ ge dānwèi shàngbān?

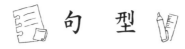

句 型

句型 (正體)	句型 (簡體)	漢語拼音	英文解釋
其他	其他	qítā	the others

■ 例：這件事只有我知道，其他人都不知道。
Zhè jiàn shì zhǐyǒu wǒ zhīdào, qítā rén dōu bù zhīdào.

■ 例：申請宿舍是在這裡，其他方面的問題，請去問系辦公室
Shēnqǐng sùshè shì zài zhèlǐ, qítā fāngmiàn de wèntí,
qǐng qù wèn xì bàngōngshì.

練習一：黃先生只去過日本，＿＿＿＿＿＿＿＿＿＿＿＿。

練習二：A：你為什麼一個人在這裡？
　　　　B：＿＿＿＿＿＿＿＿＿＿＿＿＿＿。

不大……	不大……	búdà…	not very…

■ 例：天氣不大熱，你還要吃冰嗎？
Tiānqì búdà rè, nǐ háiyào chī bīng ma?

■ 例：那家餐廳的菜不大好吃，我們去別家吧！
Nà jiā cāntīng de cài búdà hǎochī, wǒmen
qù bié jiā ba!

練習一：＿＿＿＿＿＿＿＿＿＿＿＿，我想回家休息！

練習二：A：那件衣服你看了好久了，怎麼沒買？
　　　　B：＿＿＿＿＿＿＿＿＿＿＿＿＿。

| 為了 | 为了 | wèile | in order to / for the purpose of / so as to |

■ 例：老師說讀書不是為了別人，是為了自己。
Lǎoshī shuō dúshū búshì wèile biérén,
shì wèile zìjǐ.

■ 例：為了考試能考得更好，他去補習班補習了。
Wèile kǎoshì néng kǎo de gèng hǎo, tā qù
bǔxíbān bǔxí le.

練習一：_____，他什麼工作都願意做。

練習二：A：你是為了方便，才住在學校附近的嗎？
　　　　B：不是，_____。

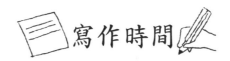

小任務

請給學校寫一張獎學金申請表。

國立進步大學優秀學生獎學金申請表

姓名		國籍		
出生 年月日		性別		
系級				
學業成績	上學期	操行 成績	上學期	
	下學期		下學期	
	平均		平均	
E-mail			手機	
通訊處				
導師姓名			導師 聯絡電話	
推薦意見				
匯款帳號 (附存摺影本)	□ 郵局　□ 銀行　　　分行 存款帳號： 戶　　名：			
其他獎學金	□ 有　　□ 沒有			
審查意見	國際處		系主任	
需附證件	1.學業及操行成績證明。 2.學生證影本。 3.自傳（最少800字）。			

請寫一張清寒助學金申請表。

「法喜山基金會」清寒助學金申請表

姓名		國籍		
出生 年月日		性別		
就讀學校		系級		
學業成績	上學期		操行 成績	上學期	
	下學期			下學期	
E-mail		手機		
地址				
家庭狀況 (請簡述成員、 職業或其他說 明)				
申請人簽名				
導師意見				
審查意見				
需附證件	1.學業及操行成績證明。　2.護照或身分證影本。 3.學生證影本。　　　　　4.自傳（1000字）。 5.清寒證明。			

請寫一張僑生獎助學金申請表。

人人文教基金會
「僑生獎助學金」申請表

姓　　名		
性　　別	男□　　女□	
出生日期		
居留證號碼		
國　　籍		
學校 / 系級		
在台地址		
僑居地地址		
電話 / 手機	電話：　　　　　　　　　　　　手機：	
電子信箱		
其他獎助學金	□有　　　　□沒有	
需附證件	1. 學業和操行成績證明。　2. 護照和居留證影本。 3. 學生證影本。　　　　　4. 自傳（1000 字）。 5. 推薦函一封。	

請寫一張外國學生獎助學金申請表。

國立進步大學外國學生獎助學金申請表

中文姓名		英文姓名	
國籍		科系	
學號		學位	
電話		電子郵件	
住址			
□ 我沒有其他台灣獎助學金			
需要文件	□ 獎助學金申請表 □ 成績單 □ 華語文能力測驗檢定第 B2 級 TOCFL level □ 華語課程證明 □ 其他證明		
老師簽名			
簽名		申請日期	
審查單位			

小叮嚀

1. 申請獎助學金的時候需要填申請表，填好資料以後，一定要把申請表跟要求的證明文件（正本或是影本）都準備好，再一起交給政府學校、獎助團體或個人。

2. 範例裡國家的名字：
   A. 韓國（Hánguó）：Korea。
   B. 馬來西亞（Mǎláixīyà）：Malaysia。
   C. 印尼（Yìnní）：Indonesia。

掃我有更多內容哦！

生詞列表 | Vocabulary List

	生詞 (正體)	生詞 (簡體)	漢語拼音	課
B				
1	辦	办	bàn	2
2	報名	报名	bàomíng	7
3	筆	笔	bǐ	8
4	必修	必修	bìxiū	7
5	變成	变成	biànchéng	7
6	表單	表单	biǎodān	5
7	表現	表现	biǎoxiàn	9
8	丙級技術士	丙级技术士	Bǐng jí jìshù shì	6
9	比賽	比赛	bǐsài	6
10	部門	部门	bùmén	5
11	補習班	补习班	bǔxíbān	8
C				
12	參加	参加	cānjiā	4
13	操行	操行	cāoxìng	9
14	成績	成绩	chéngjī / chéngjì	7
15	傳	传	chuán	2
16	傳送	传送	chuánsòng	4
17	存款	存款	cún kuǎn	5
18	存摺	存折	cúnzhé	5
D				
19	打工	打工	dǎgōng	4
20	代號	代号	dàihào	5
21	帶位	带位	dàiwèi	6

D—G

Vocabulary List

22	當	当	dāng	7
23	檔案	档案	dǎng'àn / dàng'àn	4
24	單位	单位	dānwèi	9
25	導師	班主任	dǎoshī / bān zhǔrèn	9
26	打字	打字	dǎzì	6
27	得獎	得奖	dé jiǎng	6
28	電話	电话	diànhuà	2
29	電腦	计算机	diànnǎo / jìsuànjī	2
30	電子商務	电子商务	diànzǐ shāngwù	8
31	動漫	动漫	dòngmàn	6
32	讀	读	dú	8
33	段	段	duàn	3
34	段	段	duàn	7

E

F

35	耳機	耳机	ěrjī	2

36	發表	发表	fābiǎo	8
37	方面	方面	fāngmiàn	7
38	粉紅色	粉红色	fěnhóngsè	2
39	副本	副本	fùběn	9
40	符合	符合	fúhé	9
41	附加	附加	fùjiā	4
42	輔系	辅系	fǔxì	8
43	負責	负责	fùzé	6
44	服裝	服装	fúzhuāng	6

G

45	蓋章	盖章	gài zhāng	9
46	幹部	干部	gànbù	6
47	感謝	感谢	gǎnxiè	3

48	高級	高级	gāo jí	7
49	高興	高兴	gāoxìng	1
50	個人	个人	gèrén	9
51	個性	个性	gèxìng	7
52	恭喜	恭喜	gōngxǐ	1
53	管理	管理	guǎnlǐ	7
54	櫃檯	柜台	guìtái	7
55	鼓勵	鼓励	gǔlì	9
56	國立	国立	guó lì	6
57	國籍	国籍	guójí	6
58	國際	国际	guójì	8

H

59	哈	哈	ha	1
60	橫	横	héng	3
61	戶名	户名	hù míng	5
62	劃撥	划拨	huàbō	5
63	還	还	huáng	2
64	匯款	汇款	huì kuǎn	5
65	回答	回答	huídá	2
66	婚姻	婚姻	hūnyīn	6

J

67	寄	寄	jì	2
68	寄件人	寄件人	jì jiàn rén	3
69	緘	缄	jiān	3
70	簡單	简单	jiǎndān	6
71	獎學金	奖学金	jiǎngxuéjīn	2
72	健康	健康	jiànkāng	1
73	簡訊	短信	jiǎnxùn / duǎnxìn	2
74	交	交	jiāo	4

75	教安	教安	jiào ān	1
76	交換	交换	jiāohuàn	8
77	家庭	家庭	jiātíng	7
78	駕照	驾驶证	jiàzhào / jiàshǐ zhèng	6
79	基本	基本	jīběn	6
80	記得	记得	jìdé	3
81	借	借	jiè	2
82	街	街	jiē	3
83	結婚	结婚	jié hūn	8
84	結果	结果	jiéguǒ	4
85	計畫	计划	jìhuà	8
86	機會	机会	jīhuì	4
87	基金會	基金会	jījīnhuì	9
88	紀錄	纪录	jìlù	6
89	記錄	记录	jìlù	7
90	敬	敬	jìng	1
91	經歷	经历	jīnglì	7
92	經理人	经理人	jīnglǐ rén	8
93	敬上	敬上	jìngshàng	1
94	經驗	经验	jīngyàn	6
95	居留證	居留许可	jūliú zhèng / jūliú xǔkě	2
96	趕快	赶快	gǎnkuài	4

97	開心	开心	kāixīn	1
98	卡片	卡片	kǎpiàn	1
99	課本	课本	kèběn	2
100	課程	课程	kèchéng	5
101	科系	科系	kēxì	6
102	課業	课业	kèyè	9

103	空白	空白	kòngbái	4
104	快樂	快乐	kuàilè	1

105	來自	来自	láizì	9
106	欄	栏	lán	5
107	藍牙	蓝牙	lányá	2
108	老闆／板	老板	lǎobǎn	4
109	類別	类别	lèibié	5
110	留	留	liú	2
111	禮物	礼物	lǐwù	1
112	利用	利用	liyòng	8
113	路	路	lù	3
114	履歷	履历	lǚlì	6
115	論文	论文	lùnwén	8
116	錄取	录取	lùqǔ	7

117	夢想	梦想	mèngxiǎng	8
118	面試	面试	miànshì	4
119	密件	密件	mìjiàn	4
120	明信片	明信片	míngxìnpiàn	3

121	能力	能力	nénglì	6
122	女士	女士	nǚshì	3

123	排隊	排队	páiduì	5
124	烹飪	烹饪	pēngrèn	6
125	品學兼優	品学兼优	pǐn xué jiān yōu	9
126	平均	平均	píngjūn	9

Q—S

Vocabulary List

Q

127	啟	启	qǐ	3
128	簽名	签名	qiān míng	5
129	僑居地	侨居地	qiáojū dì	9
130	僑生	侨生	qiáoshēng	9
131	期間	期间	qíjiān / qījiān	8
132	請假	请假	qǐng jià	4
133	清寒	清寒	qīnghán	9
134	清潔	清洁	qīngjié	6
135	企業	企业	qìyè / qǐyè	8
136	區	区	qū	3
137	確實	确实	quèshí	9

R

138	人員	人员	rényuán	6
139	認真	认真	rènzhēn	7
140	入學	入学	rùxué	8

S

141	社 / 社團	社 / 社团	shè/ shètuán	6
142	審查	审查	shěnchá	9
143	身分	身分	shēnfèn	9
144	身分證	身分证	shēnfèn zhèng	5
145	生病	生病	shēng bìng	1
146	生活	生活	shēnghuó	3
147	身體	身体	shēntǐ	1
148	社團	社团	shètuán	4
149	社員	社员	shèyuán	6
150	社長	社长	shèzhǎng	6
151	市	市	shì	3
152	適合	适合	shìhé	7
153	經濟	经济	jīngjì	8

154	事物	事物	shìwù	7
155	實習	实习	shíxí	6
156	實現	实现	shíxiàn	8
157	收	收	shōu	3
158	收件人	收件人	shōu jiàn rén	3
159	收件者	收件者	shōu jiàn zhě	4
160	手機	手机	shǒujī	2
161	熟悉	熟悉	shóuxī / shúxī / shúxì	7
162	碩士	硕士	shuòshì	8
163	私立	私立	sī lì	6
164	歲	岁	suì	1
165	宿舍	宿舍	sùshè	2
166	速食	快餐	sùshí / kuàicān	7

T

167	談	谈	tán	2
168	提款	提款	tí kuǎn	5
169	填	填	tián	5
170	貼	贴	tiē	6
171	題目	题目	tímù	8
172	投資	投资	tóuzī	8
173	團體	团体	tuántǐ	9
174	推薦函	推荐函	tuījiàn hán	9
175	退休	退休	tuìxiū	9

W

176	外場	外场	wàichǎng	6
177	萬事如意	万事如意	wànshìrúyì	1
178	未來	未来	wèilái	7
179	文化	文化	wénhuà	8
180	文章	文章	wénzhāng	7

X─Y

181	線	线	xiàn	5
182	相信	相信	xiāngxìn	8
183	小吃	小吃	xiǎochī	3
184	信封	信封	xìnfēng	3
185	星期	星期	xīngqí / xīngqī	1
186	興趣	兴趣	xìngqù	4
187	行銷	营销	xíngxiāo / yíngxiāo	8
188	辛苦	辛苦	xīnkǔ	7
189	希望	希望	xīwàng	1
190	選修	选修	xuǎnxiū	8
191	學號	学号	xuéhào	5
192	學士	学士	xuéshì	6
193	學業	学业	xuéyè	9
194	訊息	信息	xùnxí / xìnxī	2

195	養	养	yǎng	9
196	研討會	研讨会	yántǎohuì	8
197	要求	要求	yāoqiú	9
198	一分子	一分子	yífènzǐ	7
199	移民署	国家移民管理局	yímínshǔ / guójiā yímín guǎnlǐ jú	2
200	申請	申请	shēnqǐng	6
201	影（印）本	复印件	yǐng (yìn) běn / fùyìnjiàn	9
202	應該	应该	yīnggāi	1
203	應徵	应征	yìngzhēng	6
204	醫生	医生	yīshēng	1
205	郵遞區號	邮政编码	yóudì qūhào / yóuzhèng biānmǎ	3

206	優秀	优秀	yōuxiù	7
207	營隊	营队	yíngduì	8
208	員工	员工	yuángōng	5

Z

209	在學	在学	zàixué	8
210	怎麼辦	怎么办	zěnme bàn	1
211	帳號	账号	zhànghào	5
212	帳戶	账户	zhànghù	5
213	照顧	照顾	zhàogù	4
214	正本	正本	zhèngběn	9
215	政府	政府	zhèngfǔ	8
216	證照	证照	zhèngzhào	6
217	直	直	zhí	3
218	志工	志愿者	zhìgōng / zhìyuànzhě	7
219	職務	职务	zhíwù	5
220	祝	祝	zhù	1
221	賺	赚	zhuàn	9
222	專長	专长	zhuāncháng	6
223	專業	专业	zhuānyè	8
224	祝福	祝福	zhùfú	1
225	主管	主管	zhǔguǎn	5
226	助理	助理	zhùlǐ	5
227	准	准	zhǔn	5
228	主旨	主旨	zhǔzhǐ	4
229	資料	资料	zīliào	6
230	自拍	自拍	zìpāi	6
231	作業	作业	zuòyè	2
232	愉快	愉快	yúkuài	4

語法列表 | Grammar List

生詞（正體）	生詞（簡體）	漢語拼音	課數
Others			
1　……的時候	……的时候	… de shíhòu	2
A			
2　A 跟 B	A 跟 B	A gēn B	1
3　V 給	V 给	V gěi	2
4　按照	按照	ànzhào	8
B			
5　並且	并且	bìngqiě	8
6　比如說	比如说	bǐrúshuō	7
7　不大……	不大……	búdà…	9
8　不但……而且……	不但……而且……	búdàn…érqiě…	7
C			
9　除了……還……	除了……还……	chúle…hái…	4
D			
10　等……再……	等……再……	děng…zài…	3
11　對……	对……	duì…	4

	H			
12	還有……	还有……	háiyǒu…	4
	J			
13	就……	就……	jiù…	5
	K			
14	快 V O 了	快 V O 了	kuài V O le	1
	O			
15	喔	喔	o	3
	Q			
16	請	请	qǐng	2
17	其他	其他	qítā	9
	R			
18	讓	让	ràng	4
	S			
19	雖然…… 但（是）……	虽然…… 但（是）……	suīrán…dànshì…	7
	V			
20	V O 了	V O 了	V O le	1
21	V（一）V	V（一）V	V(yī)V	2

W — Z

Grammar List

W

22	為了	为了	wèile	9

X

23	先……再……	先……再……	xiān…zài…	5

Y

24	要是	要是	yàoshì	1
25	也就是說	也就是说	yě jiùshì shuō	7
26	一邊…… 一邊……	一边…… 一边……	yìbiān…yìbiān…	8
27	因為……的關係	因为……的关系	yīnwèi… de guānxi	5
28	越來越……	越来越……	yuèláiyuè…	8

Z

29	再加上	再加上	zàijiāshàng…	7

國家圖書館出版品預行編目資料

華語寫作一學就上手【基礎級】/陳嘉凌、李
菊鳳編著. -- 初版. -- 臺北市：五南圖書出
版股份有限公司，2021.03
　面；　公分
　ISBN 978-986-522-477-6(平裝)

1.漢語　2.作文　3.寫作法

802.7　　　　　　　　　　110002279

1XJQ

華語寫作一學就上手【基礎級】

編 著 者 — 陳嘉凌（247.7）、李菊鳳

繪　　　者 — 黎德慧

發 行 人 — 楊榮川

總 經 理 — 楊士清

總 編 輯 — 楊秀麗

副總編輯 — 黃文瓊

責任編輯 — 吳雨潔

美術設計 — 黎德慧

封面設計 — 王麗娟

出 版 者 — 五南圖書出版股份有限公司

地　　　址：106 台北市大安區和平東路二段 339 號 4 樓

電　　　話：(02)2705-5066　　傳　　　真：(02)2706-6100

網　　　址：https://www.wunan.com.tw

電子郵件：wunan @ wunan.com.tw

劃撥帳號：01068953

戶　　　名：五南圖書出版股份有限公司

法律顧問　林勝安律師事務所　林勝安律師

出版日期　2021 年 3 月初版一刷

定　　　價　新臺幣 390 元

經典永恆‧名著常在

五十週年的獻禮 —— 經典名著文庫

五南，五十年了，半個世紀，人生旅程的一大半，走過來了。

思索著，邁向百年的未來歷程，能為知識界、文化學術界作些什麼？

在速食文化的生態下，有什麼值得讓人雋永品味的？

歷代經典‧當今名著，經過時間的洗禮，千錘百鍊，流傳至今，光芒耀人；

不僅使我們能領悟前人的智慧，同時也增深加廣我們思考的深度與視野。

我們決心投入巨資，有計畫的系統梳選，成立「經典名著文庫」，

希望收入古今中外思想性的、充滿睿智與獨見的經典、名著。

這是一項理想性的、永續性的巨大出版工程。

不在意讀者的眾寡，只考慮它的學術價值，力求完整展現先哲思想的軌跡；

為知識界開啟一片智慧之窗，營造一座百花綻放的世界文明公園，

任君遨遊、取菁吸蜜、嘉惠學子！